T0270339

La cabeza perdida
de Damasceno
Monteiro

Antonio Tabucchi

La cabeza perdida de Damasceno Monteiro

Traducción de Carlos Gumpert
y Xavier González Rovira

EDITORIAL ANAGRAMA
BARCELONA

Título de la edición original:
La testa perduta di Damasceno Monteiro
Giangiacomo Feltrinelli Editore
Milán, 1997

Diseño e ilustración: © lookatcia

Primera edición en «Panorama de narrativas»: mayo 1997
Primera edición en «Compactos»: febrero 2002
Primera edición en «Otra vuelta de tuerca»: junio 2012
Primera edición fuera de colección: octubre 2024

ISBN: 978-84-339-2852-8
Depósito Legal: B 11483-2024

Printed in Spain

Liberdúplex, S.L.U., ctra. BV 2249, km 7,4 - Polígono Torrentfondo
08791 Sant Llorenç d'Hortons

a Antonio Cassese
y
a Manolo el Gitano

Science-fiction

O marciano encontrou-me na rua
e teve mêdo de minha impossibilidade humana.
Como pode existir, pensou consigo, um ser
que no existir póe tamanha anulação de
                                        [existência?

CARLOS DRUMMOND DE ANDRADE

(El marciano se encontró conmigo en la calle
y tuvo miedo de mi imposibilidad humana.
¿Cómo puede existir, pensó para sí, un ser
que en el existir pone tamaña anulación de
                                        [la existencia?)

1

Manolo el Gitano abrió los ojos, miró la débil luz que se filtraba por las rendijas de la chabola y se levantó, procurando no hacer ruido. No le hacía falta vestirse porque dormía vestido, la chaqueta anaranjada que le había regalado el año anterior Agostinho da Silva, llamado Franz el Alemán, domador de leones desdentados en el Circo Maravilhas, hacía ya tiempo que le servía de traje y de pijama. A la mortecina luz del amanecer buscó a tientas las sandalias transformadas en zapatillas que usaba como calzado. Las encontró y se las puso. Conocía la chabola de memoria, y podía moverse en la semioscuridad respetando la exacta geografía de los míseros muebles que la ocupaban. Avanzó tranquilo hacia la puerta y entonces su pie derecho chocó contra la lámpara de petróleo que estaba en el suelo. Mierda de mujer, dijo entre dientes Manolo el Gitano. Había sido su mujer la que la noche anterior quiso dejar la lámpara de petróleo junto a su catre con el pretexto de que las tinieblas le producían pesadillas y soñaba con sus muertos. Con la lámpara tenuemente encendida, decía ella, los fantasmas de sus muertos no tenían valor para visitarla y la dejaban dormir en paz.

–¿Qué hace El Rey a estas horas, alma en pena de nuestros muertos andaluces?

Su mujer tenía la voz pastosa e insegura de alguien que empieza a despertarse. Ella le hablaba siempre en *geringonça*, una mezcla de la lengua de los gitanos, de portugués y de andaluz. Y le llamaba El Rey.

Rey de una mierda, tuvo ganas de replicar Manolo, pero no dijo nada. Rey de una mierda, cierto, antaño sí que era el Rey, cuando los gitanos eran respetados, cuando su gente recorría libremente las llanuras de Andalucía, cuando fabricaban colgantes de cobre que vendían en las aldeas y su pueblo vestía de negro con nobles sombreros de fieltro, y el cuchillo no era un arma de defensa en el bolsillo, sino sólo una joya honorífica labrada en plata. Aquéllos sí que eran los tiempos del Rey. ¿Pero ahora? Ahora que se veían obligados a vagar, ahora que en España les hacían la vida imposible, y en Portugal, donde se habían refugiado, tal vez incluso más, ahora que ya no les quedaba la posibilidad de fabricar colgantes y mantillas, ahora que tenían que apañárselas con pequeños robos y la mendicidad, ¿qué coño de Rey era él, Manolo? El rey de una mierda, se repitió. El municipio les había concedido aquel terreno lleno de desechos en las afueras de la pequeña localidad, en la periferia de los últimos chalés, se lo habían concedido sólo como acto de caridad, recordaba bien la cara del funcionario municipal que firmaba la concesión con aire condescendiente y al mismo tiempo de conmiseración, doce meses de concesión a un precio simbólico, y que Manolo lo tuviera en cuenta; el municipio no se comprometía a construir las infraestructuras, del agua y la luz ni se hablaba, y para cagar que se fueran a la pineda, total los gitanos ya están acostumbrados, así abonaban el terreno, y atención, porque la policía estaba al corriente de sus pequeños trapicheos y tenía los ojos bien abiertos.

Rey de una mierda, pensó Manolo, con aquellas chabolas de cartón cubiertas con zinc que durante el invierno estallaban de humedad y durante el verano eran auténticos hornos. Las cuevas de Granada, secas y lindas, de su infancia ya no existían, aquello era un campo de refugiados, o más bien un campo de concentración, se decía Manolo, rey de una mierda.

–¿Qué hace El Rey a estas horas, alma en pena de nuestros muertos andaluces? –repitió su mujer.

Ahora ya estaba despierta del todo y tenía los ojos completamente abiertos. Con el pelo gris esparcido por el pecho, como se lo colocaba para dormir, deshaciéndose el moño, y aquella bata roja con la que se acostaba, era ella la que parecía un espectro.

–Voy a mear –respondió lacónicamente Manolo.

–Eso es bueno –dijo su mujer.

Manolo se acomodó en los calzoncillos el sexo, que notaba duro e hinchado y le apretaba contra los testículos hasta hacerle daño.

–Yo todavía sería capaz de *finfar* –dijo–, todas las mañanas me despierto así, con el *mangalho* duro como una cuerda, todavía sería capaz de *finfar*.

–Es la vejiga –respondió su mujer–, eres viejo, Rey, te crees joven pero eres viejo, más viejo que yo.

–Todavía sería capaz de *finfar* –replicó Manolo–, pero a ti no te puedo *finfar,* tienes tus partes llenas de telarañas.

–Pues entonces vete a mear –concluyó su mujer.

Manolo se rascó la cabeza. Desde hacía unos días tenía una erupción cutánea, formada por pequeñas ronchas rojas, que desde la nuca le había subido hasta la coronilla y le producía un picor insoportable.

–¿Me llevo a Manolito? –susurró a su mujer.

–Deja dormir al pobre niño –respondió ella.

–A Manolito le gusta mear con el abuelo –se justificó Manolo.

Miró hacia el catre donde dormía Manolito y sintió un arrebato de ternura. Manolito tenía ocho años, era todo lo que quedaba de su descendencia. No parecía ni siquiera un gitano. Tenía el pelo oscuro y liso, sí, como un verdadero gitano, pero sus ojos eran de un azul pálido, como debía de tenerlos su madre, a la que Manolo no había conocido nunca. Su hijo Paco, su único hijo, lo había tenido con una prostituta de Faro, una inglesa, decía él, que trabajaba en las calles de Gibraltar y de la que Paco se había convertido en protector. Después la muchacha había desaparecido en Inglaterra, porque la policía la había repatriado, y Paco se había encontrado con el niño entre los brazos. Se lo había endilgado a los abuelos, porque él tenía un asunto importante que resolver en el Algarve, estaba metido en el contrabando de cigarrillos, pero de aquel asunto no había regresado. Y Manolito se había quedado con ellos.

–A él le gusta ver salir el sol –insistió tercamente Manolo.

–Déjalo dormir, pobre criatura –dijo su mujer–, ni siquiera ha amanecido, ¿es que no tienes corazón? Vete a descargar la vejiga.

Manolo el Gitano abrió la puerta de la chabola y salió al aire de la mañana. La explanada estaba desierta. Todo el campamento dormía. El pequeño chucho que se había hecho adoptar a la fuerza por el campamento se levantó de su montón de arena y se acercó a él meneando la cola. Manolo chasqueó los dedos y el chucho se alzó sobre las patas traseras meneando con más fuerza la cola. Manolo cruzó la explanada seguido por el chucho y enfiló el sendero que cruzaba la pineda municipal, por la falda de la colina que descendía hacia el Duero. Eran unas cuantas hectáreas que habían sido pomposamente denominadas Parque Municipal y presentadas al público como el pulmón verde de la localidad. En realidad, se trataba de una zona abandonada, carente de controles y de seguridad. Todas las mañanas Manolo encontraba en el suelo preservativos y jeringuillas que el municipio no se preocupaba en recoger. Comenzó a descender por el pequeño sendero flanqueado de gruesas matas de retama. Era agosto, y aquella retama, quién sabe por qué, seguía floreciendo como si fuera primavera. Manolo olfateó el aire como un entendido. Era capaz de captar los olores más diversos de la naturaleza, como le había enseñado la vida salvaje. Contó: retama, espliego, romero. Por debajo de él, al final del declive, brillaba el río Duero bajo el sol oblicuo que nacía entre las colinas. Dos o tres barcazas de mercancías que venían del interior y se dirigían hacia Oporto tenían las velas henchidas, pero parecían inmóviles sobre la cinta del río. Transportaban barriles de vino para las bodegas de la ciudad, Manolo lo sabía, un vino que después se transformaría en botellas de Oporto y tomaría los caminos del mundo. Manolo sintió una gran nostalgia por el vasto mundo que nunca había conocido. Puertos ignotos, lejanos, llenos de nubes, sobre los que descendía la niebla como había visto una vez en una película. En cambio, él no conocía más que aquella luz ibérica blanca y cegadora, la luz de su Andalucía y la luz de Portugal, las casas blanqueadas con cal, los perros salvajes, los alcornocales y los policías que les expulsaban de una y otra parte.

Para mear había escogido un gruesa encina que proyectaba su ancha sombra sobre una explanada de hierba

16

justo fuera de la pineda. Quién sabe por qué, le consolaba mear contra el tronco de aquella encina, quizás porque era un árbol mucho más viejo que él, y a Manolo le gustaba que en el mundo hubiera seres vivos más viejos que él, aunque no fuera más que un árbol. El caso es que se sentía a gusto, como si una forma de tranquilidad le invadiera mientras hacía sus necesidades. Se sentía en armonía consigo mismo y con el universo. Se acercó al grueso tronco y orinó con alivio. Y en aquel momento vio un zapato. Lo que llamó su atención es que no parecía un zapato viejo y abandonado, como se encontraban a veces en aquel terreno, era un zapato lustroso, brillante, de un cuero que le pareció de cabrito, que se mantenía derecho como si un pie lo calzara. Y salía de un arbusto.

Manolo se acercó con cautela. Su experiencia le enseñaba que podía ser un borracho o un malhechor al acecho. Miró por encima de la maleza pero no consiguió divisar nada. Recogió un trozo de madera y empezó a apartar las ramas de los arbustos. Al zapato, que resultó ser un botín, le seguían dos piernas cubiertas por un par de vaqueros ceñidos. La mirada de Manolo llegó hasta la cintura y allí se detuvo. El cinturón era de cuero claro, con una gruesa hebilla de plata que representaba la cabeza de un caballo y sobre la cual estaba escrito «Texas Ranch». Manolo intentó descifrar las palabras con dificultad y se las grabó bien en la memoria. Después continuó su inspección apartando la maleza con la madera. El tronco llevaba una camiseta azul de manga corta sobre la que estaba escrita una frase extranjera, «Stones of Portugal», y Manolo la estuvo mirando largo rato para grabársela bien en la memoria. Con el trozo de madera prosiguió su inspección, con calma y cautela, como si tuviera miedo de hacer daño a aquel cuerpo que yacía boca arriba entre los arbustos. Llegó hasta el cuello y no pudo seguir. Porque el cuerpo no tenía cabeza. Era un corte limpio que, además, había producido poca sangre, sólo algunos coágulos oscuros sobre los que revoloteaban las moscas. Manolo retiró la madera y dejó que los arbustos volvieran a cubrir aquella atrocidad. Se alejó algunos metros, se recostó contra el tronco de la encina y se puso a pensar. Para pensar mejor sacó la pipa y la rellenó de cigarrillos Definitivos que deshizo cuidadosamente. Antaño le gustaba fumar en la pipa picadura, pero ahora era demasiado cara, de modo que se veía obligado a deshacer los cigarrillos de tabaco negro que compraba sueltos en la tienda del señor Francisco, llamado Cagón porque caminaba con las nalgas contraídas, como si estuviera a punto de cagarse encima. Manolo llenó la cazoleta de la pipa, dio algunas bocanadas y meditó. Meditó sobre lo que había descubierto y pensó que no hacía falta que volviera a mirar. Con lo que había visto bastaba y sobraba. Y, entretanto, el tiempo pasaba, las cigarras habían empezado su insoportable canto y a su alrededor se extendía un fortísimo olor a espliego y romero. Bajo sus ojos se extendía la brillante cinta del río, se había levantado una brisa ligera y cálida, las sombras de los árboles se iban acortando. Manolo pensó que por fortuna no había traído consigo a su nieto. Los niños no deben ver atrocidades así, se dijo, ni siquiera los niños gitanos. Se preguntó qué hora podría ser e interrogó al disco del sol. Sólo entonces se dio cuenta de que la sombra se había desplazado, de que el sol le embestía de lleno y de que estaba bañado en sudor. Se levantó cansinamente y se dirigió al campamento. Había mucha animación a aquella hora en la explanada. Las viejas bañaban a los niños en los barreños y las madres preparaban la comida. La gente le saludaba, pero él casi no respondió. Entró en su chabola. Su mujer estaba vistiendo a Manolito con un viejo traje andaluz, porque la comunidad había decidido mandar a los niños a vender flores a Oporto y causaban mayor efecto emperifollados con trajes tradicionales.

–He encontrado un muerto en la pineda –dijo a media voz Manolo.

Su mujer no lo entendió. Estaba peinando a Manolito y le untaba el pelo con brillantina.

–¿Qué dices, Rey? –preguntó la vieja.

–Un cadáver, junto a la encina.

–Deja que se pudra –respondió su mujer–, todo es podredumbre por aquí.

–No tiene cabeza –dijo Manolo–, se la han cortado limpiamente, zas.

19

E hizo un gesto con la mano en el cuello. La vieja lo miró con los ojos abiertos de par en par.

—¿Qué quieres decir? —preguntó.

Manolo se llevó la mano al cuello como si fuera un cuchillo y repitió: zas.

La vieja se enderezó e hizo que Manolito saliera.

—Tienes que ir a la policía —dijo, decidida.

Manolo la miró con conmiseración.

—El Rey no va a la policía —dijo con orgullo—, Manolo, el de los Gitanos libres de España y Portugal, no va a ir a ningún cuartel de la policía.

—Y, entonces, ¿qué? —preguntó la vieja.

—Entonces los avisará el señor Francisco —replicó Manolo—, ese Cagón tiene teléfono y siempre está en contacto con la policía, que los avise él, ya que es tan amigo suyo.

La vieja lo miró con aire afligido y no dijo nada. Manolo se levantó y abrió la puerta de la chabola. Cuando estaba en el umbral, mientras la luz del mediodía le inundaba, la mujer le dijo:

—Le debes dos mil escudos, Rey, te dio a crédito dos botellas de *giripití*.

—¿A quién coño le importan dos botellas de aguardiente? —respondió Manolo—, que le den por culo.

2

Firmino estaba parado en el semáforo del Largo do Rato. Era un semáforo eterno, lo sabía, y el taxi impaciente que iba detrás tenía el parachoques casi pegado a su coche. Firmino sabía que había que tener paciencia con aquellas obras del ayuntamiento, que prometía una ciudad limpia y ordenada y se afanaba para la Exposición Internacional de la ciudad. Iba a ser un acontecimiento mundial, anunciaban los carteles publicitarios esparcidos por los puntos neurálgicos de la circulación, uno de esos acontecimientos que convertirían Lisboa en una ciudad del futuro. Por el momento, Firmino sólo sabía cuál era su futuro inmediato, el otro lo desconocía. Significaba esperar por lo menos cinco minutos en el semáforo, hasta que el obrero de la excavadora se apartara, y aunque el semáforo se pusiera verde no había nada que hacer, era necesario esperar. De modo que se resignó, encendió un cigarrillo Multifilter que le había mandado un amigo suizo, sintonizó en la

21

radio el programa «Los oyentes nos preguntan», para estar al tanto de lo que pasaba por ahí, y echó una ojeada al reloj electrónico de la azotea del edificio de enfrente. Marcaba las dos de la tarde e indicaba treinta y ocho grados de temperatura. En fin, era agosto. Firmino volvía de una semana de vacaciones que había pasado en un pueblecito del Alentejo junto a la chica con la que salía, habían sido unos días tonificantes, aunque hubieran encontrado fuertes mareas, de todas formas el Alentejo, como siempre, no le había decepcionado. Habían descubierto un centro de turismo rural en la costa, los dueños eran alemanes, había sólo nueve habitaciones, y además el pinar, la playa desierta, los juegos amorosos al aire libre, los platos regionales. Firmino se miró en el espejo retrovisor. Tenía un estupendo bronceado, se sentía en forma, la Exposición Internacional le importaba un bledo y tenía ganas de retomar su trabajo en el periódico. Por lo demás no eran sólo ganas, era necesidad. Durante las vacaciones se había gastado su último sueldo y estaba sin dinero.

El semáforo se había puesto verde, el bulldozer se apartó y Firmino arrancó. Dio la vuelta a la plaza, cogió la Alexandre Herculano y giró por la Avenida da Liberdade. En la plaza de Saldanha se encontró con un atasco. Había habido un accidente en el carril principal y todos los coches intentaban meterse por el carril de la izquierda. Escogió el carril reservado a los autobuses, esperando que no hubiera ningún guardia urbano por los alrededores. Firmino había echado cuentas últimamente con Catarina y se había dado cuenta de que las multas suponían el diez por ciento de sus escasos ingresos mensuales. Pero quizás a las dos de la tarde y con ese calor no hubiera ningún guardia urbano en la avenida. Y si lo había, pues tanto peor. Cuando pasó por delante de la Biblioteca Nacional, no pudo dejar de reducir la marcha para mirarla con nostalgia. Pensó en las tardes pasadas en la sala de lectura estudiando las novelas de Vittorini y en su vago proyecto de escribir un ensayo que habría titulado *La influencia de Vittorini en la novela portuguesa de posguerra*. Y con esa nostalgia afloró el olor a bacalao frito del *self-service* de la Biblioteca, donde había comido durante semanas enteras. Bacalao y Vittorini. Pero el proyecto se había quedado en proyecto, por ahora. Quién sabe, tal vez lo podría retomar cuando tuviera un poco de tiempo libre.

Llegó al Lumiar y bordeó los edificios del Holiday Inn. Una cosa espantosa. Allí desembarcaban los americanos medios que venían buscando la Lisboa pintoresca y que en cambio se veían metidos en un barrio cualquiera, destrozado por las nuevas construcciones, el paso elevado que llevaba al aeropuerto y la segunda circunvalación. Como siempre, encontrar aparcamiento era un problema. Se colocó ante la verja electrónica de una finca, procurando no obstruir el paso. Su coche sobresalía casi medio metro, pero qué se le iba a hacer. Si la grúa se lo llevaba, su porcentaje para multas aumentaría por lo menos en dos puntos, lo que significaba que no podría comprarse el último volumen del *Gran Diccionario de la Lengua Italiana*. Era un instrumento fundamental para estudiar a Vittorini. Qué se le iba a hacer. A pocos metros de distancia se alzaba el edificio del periódico, una construcción de los años setenta, fea y vulgar, de cemento, sin ninguna personalidad. Todas las plantas estaban habitadas por gente corriente, que trabajaba en el centro y usaba aquella casa sólo para dormir. Algunos inquilinos, para dar un toque de gracia a los tristes balcones, habían instalado en ellos una sombrilla y sillas de plástico. En el balcón del último piso, en contraste con los adornos pequeñoburgueses, destacaba un enorme cartel en caracteres cúbicos que rezaba: *O Acontecimento*. «Todo lo que el ciudadano debe saber.»

Era su periódico, y se dirigió hacia allí con cierto orgullo. Sabía que debía afrontar a la telefonista pechugona y paralítica que desde su silla de ruedas dirigía todas las secciones del periódico, que antes de llegar a su cuartucho debía superar el escritorio del señor Silva, el redactor-jefe, que utilizaba el apellido materno, Huppert, porque un nombre francés era más elegante, y que, cuando llegara a su escritorio, sentiría esa insoportable claustrofobia que experimentaba siempre, porque el cubículo de tabiques prefabricados en el que lo habían confinado no tenía ventanas. Firmino sabía todo eso y, sin embargo, avanzó con determinación.

La paralítica se había quedado dormida en su silla de ruedas. Ante su opulento pecho había una pequeña bandeja de papel de estaño grasiento en sus bordes. Estaba vacía. Era la comida que el *fast-food* de la esquina llevaba a domicilio. Firmino siguió adelante, aliviado, y se metió en el ascensor. Era un ascensor sin puertas, como un montacargas. Bajo los botones había un letrero de acero que decía: «Prohibido el uso del ascensor a los menores no acompañados». Y al lado alguien había escrito con rotulador: *fuck you.* Como para compensar, al arquitecto que había concebido aquel espléndido edificio se le había ocurrido alegrar el ascensor con una musiquilla que salía de un pequeño altavoz. Era siempre la misma: *Strangers in the night.* En el tercer piso el ascensor se detuvo. Entró una anciana con una permanente de color que desprendía un terrible perfume.

–¿Baja? –preguntó la señora sin saludar.

–Subo –respondió Firmino.

–Pues yo bajo –dijo la señora en tono perentorio. Y apretó el botón de bajada.

Firmino se resignó y bajó, la señora salió sin dar los buenos días y él volvió a subir. Cuando llegó al cuarto piso, permaneció indeciso en el rellano. ¿Qué hago?, se preguntó. ¿Y si se marchara al aeropuerto y cogiera un avión para París? París, las grandes revistas, los enviados especiales, los viajes por el mundo. Tipo periodista cosmopolita. A veces, a Firmino se le ocurrían ideas así, cambiar su vida de una vez por todas, una decisión radical, una locura. Pero el problema era que no tenía un duro y los billetes de avión son caros. Y París también. Firmino empujó la puerta y entró. El local era uno de los denominados *open-space*. Pero inicialmente no había sido concebido así, como es natural. Había sido transformado derribando los tabiques divisorios del piso, que, por lo demás, eran fácilmente abatibles, porque eran de ladrillos huecos. La idea había sido de la empresa que había ocupado el local con anterioridad, una empresa de importación y exportación de atún en lata, y el periódico la había heredado en aquellas condiciones, de modo que el director había puesto al mal tiempo buena cara. Los dos escritorios situados delante de la entrada estaban vacíos. En el primero se sentaba habitualmente una señora ya madura que hacía las veces de secretaria, en el otro un periodista que se encargaba del único ordenador que poseía el periódico. El tercer escritorio era el del señor Silva, mejor dicho, Huppert, como firmaba en el periódico.

–Buenas tardes, señor Huppert –dijo amablemente Firmino.

El señor Silva lo miró con severidad.

–El director está furibundo –dijo entre dientes.

–¿Por qué? –preguntó Firmino.

–Porque no sabía dónde localizarte.

–Pero si yo estaba en la playa –se justificó Firmino.

–No se puede ir uno a la playa con los tiempos que corren –añadió, ácido, el señor Silva. Y después pronunció su frase preferida–: *Mala tempora currunt.*

–Sí –replicó Firmino–, pero yo no tenía que volver hasta mañana.

El señor Silva no respondió y le señaló el despacho del director, la pequeña oficina de cristales esmerilados.

Firmino llamó a la puerta al tiempo que entraba. El director estaba hablando por teléfono y le hizo un gesto para que esperara. Firmino cerró la puerta y permaneció de pie. Hacía un calor sofocante en aquella salita, y el ventilador estaba apagado. Y, sin embargo, el director llevaba una impecable chaqueta gris con su correspondiente corbata, además de una camisa blanca. El director colgó y lo miró de arriba abajo.

–¿Dónde te habías metido? –preguntó con irritación.

–Estaba en el Alentejo –respondió Firmino.

–¿Y qué hacías en el Alentejo? –preguntó el director en tono aún más irritado.

–Estoy de vacaciones –puntualizó Firmino–, y mis vacaciones acaban mañana, he pasado por el periódico sólo para saber si había alguna novedad y si podía ser útil.

–No es que seas útil –dijo el director–, eres indispensable, te marchas en el tren de las seis.

Firmino pensó que lo mejor era sentarse. Se sentó y encendió un cigarrillo.

–¿Que me marcho adónde? –preguntó con flema.

–A Oporto –dijo con voz neutra el director–, obviamente a Oporto.

–¿Y por qué obviamente a Oporto? –preguntó Firmino, intentando adoptar a su vez un tono neutro.

–Porque ha sucedido un caso terrible –dijo el director–, un asunto que hará correr ríos de tinta.

–¿Y con el corresponsal en Oporto no es suficiente? –preguntó Firmino.

–No, no es suficiente, éste es un asunto demasiado grande –precisó el director.

–Pues mande al señor Silva –replicó con calma Firmino–, a él le gusta viajar, y además así podrá firmar con su nombre francés.

–Él es el redactor-jefe –respondió el director–, tiene que revisar las cronicuchas de los corresponsales, el enviado especial eres tú.

–Pero si acabo de ocuparme de la mujer acuchillada por su marido en Coimbra –protestó Firmino–, no hace ni diez días, antes de las vacaciones, y me pasé una tarde entera en el tanatorio de Coimbra oyendo las declaraciones de los forenses.

–Qué le vamos a hacer –respondió secamente el director–, el enviado eres tú, y además mira, ya está todo arreglado, te he reservado una pensión en Oporto para una semana, aunque sólo sea para empezar, este caso llevará su tiempo.

Firmino reflexionó e intentó tomar aliento. Hubiera

querido decir que a él Oporto no le gustaba, que en Oporto se comían sobre todo callos al estilo de Oporto y que a él los callos le provocaban náuseas, que en Oporto hacía un calor muy húmedo, que la pensión que le habían reservado sería sin duda un lugar miserable con el baño en el rellano y que se iba a morir de melancolía. Y, en cambio, dijo:

–Pero, señor director, yo tengo que acabar mi ensayo sobre la novela portuguesa de posguerra, es muy importante para mí, y además ya he firmado el contrato con el editor.

–Es un asunto terrible –cortó el director–, un misterio que debe ser desvelado, la opinión pública está ávida, desde esta mañana no se habla de otra cosa.

El director encendió un cigarrillo, bajó la voz como si fuera a confesarle un secreto y murmuró:

–Han descubierto un cadáver decapitado cerca de Matosinhos, su identidad todavía se desconoce, lo ha encontrado un gitano, un tal Manolo, ha realizado una declaración confusa, no consiguen arrancarle una palabra más de lo que ha declarado a la policía, vive en un campamento de nómadas en las afueras de Oporto, debes localizarlo y entrevistarlo, será la noticia bomba de la semana.

El director parecía haberse apaciguado, como si para él el caso estuviera resuelto. Abrió un cajón y sacó unos papeles.

–Ésta es la dirección de la pensión –añadió–, no es un

hotel de lujo, pero Dona Rosa es un encanto de persona, nos conocemos desde hace treinta años. Y éste es el cheque: dietas, hospedaje y gastos para una semana. Y si hay algún extra, anótalo en la cuenta. No lo olvides, el tren sale a las seis.

3

Quién sabe a qué se debía su antipatía por Oporto. Firmino reflexionó sobre ello. El taxi estaba cruzando la Praça da Batalha. Una plaza noble, austera, de estilo inglés. La verdad es que Oporto tenía un aire inglés, con sus fachadas victorianas de piedra gris y la gente caminando ordenadamente por la calle. ¿Será porque con los ingleses no me siento a gusto?, se preguntó Firmino. Podría ser, pero no era la razón principal. En Londres, por ejemplo, la única vez que había ido se había sentido perfectamente a gusto. Claro que Oporto no era Londres, naturalmente, era una imitación de Londres, pero quizás no fuera por eso, concluyó Firmino. Y se acordó de su infancia, de los tíos de Oporto a quienes sus padres le llevaban a ver inevitablemente todas las vacaciones de Navidad. Terribles, aquellas navidades. A Firmino le volvían a la mente como si fueran cosas del día anterior. Volvió a ver a la tía Pitú y al tío Nuno, ella alta y delgada, vestida siempre de negro con un camafeo en el pecho; él regordete y jovial, especializado en contar chistes que no hacían gracia a nadie. Y la casa. Un chalecito de principios de siglo en la zona burguesa de la ciudad, muebles tristes y sofás con cubrebrazos hechos a mano, flores de papel y viejas fotografías ovaladas en las paredes, la genealogía de la familia, de la que la tía Pitú estaba tan orgullosa. Y la cena de Nochebuena. Una pesadilla. Para empezar, la inevitable sopa de col verde servida en los platos soperos de Cantón que eran el orgullo de la tía Pitú, y de cuya bondad su madre intentaba convencerlo aunque le provocara arcadas. Y después la tortura de despertarse a las once de la noche para la misa del gallo, el ritual de vestirse con el trajecito elegante, la salida a la fría niebla de diciembre en Oporto. Las nieblas invernales de Oporto. Firmino reflexionó sobre ello y concluyó que su antipatía por aquella ciudad era una herencia de su infancia, quizás Freud tuviera razón. Pensó en las teorías de Freud. No es que las conociera muy a fondo, pero no le inspiraban la suficiente confianza. Lukács, con esa exacta radiografía de la literatura como expresión de clase, eso sí, Lukács, mejor, y además le era más útil para su estudio sobre la novela portuguesa de la posguerra, era más fructífero Lukács que Freud, pero quizás aquel médico vienés podía tener razón en algunas cosas, quién sabe.

–Pero ¿dónde está esa maldita pensión? –preguntó al taxista.

Se sentía con derecho a preguntarlo. Circulaban desde

hacía media hora por lo menos, primero por las amplias calles del centro y ahora por callejones imposibles y estrechos de un barrio que Firmino no conocía.

–Lo que se tarda, se tarda –masculló desabridamente el taxista.

Taxistas y policías, pensó Firmino, eran las dos categorías que más odiaba. Y le había tocado tratar precisamente con taxistas y policías, dado el trabajo que hacía. Periodista de un rotativo de escándalos y asesinatos, divorcios, mujeres destripadas y cadáveres decapitados, ésa era su vida. Y pensó en lo estupendo que sería acabar su libro sobre Vittorini y la novela portuguesa de posguerra, estaba seguro de que iba a ser un acontecimiento en el ámbito académico, quizás le abriera las puertas de la carrera universitaria.

El taxi se detuvo justo en medio de un callejón, frente a un edificio que mostraba todos sus años, y el conductor, inesperadamente, se dio la vuelta hacia él y se despidió cordialmente:

–Tenía miedo de no llegar, ¿eh, caballero? –dijo con simpatía–, mire que nosotros los de Oporto no estafamos a nadie, no hacemos trayectos inútiles para sacar dinero a los pasajeros, aquí no estamos en Lisboa, ¿sabe?

Firmino bajó, cogió su equipaje y pagó. En el portal estaba escrito: Pensión Rosa, primer piso. La planta baja estaba ocupada por una peluquería de señoras. No había ascensor. Firmino subió las escaleras, adornadas con una alfombra

33

roja, o, mejor dicho, que en tiempos había sido roja, lo que le confortó y le puso melancólico al mismo tiempo. Las pensiones a las que lo mandaba su director se las sabía de memoria: tristes cenas a las siete de la tarde, habitaciones con lavabo empotrado y, sobre todo, viejas brujas como propietarias.

Y en cambio no era así en absoluto, por lo menos en lo que se refería a la dueña. Dona Rosa era una señora de unos sesenta años, con una bonita permanente azulada, no llevaba la habitual bata de flores, como las propietarias de las demás pensiones que conocía, sino un elegante traje gris, y exhibía una sonrisa jovial. Dona Rosa le dio la bienvenida y se tomó la molestia de explicarle los horarios de la pensión. La cena era a las ocho, y aquella noche el plato era callos al estilo de Oporto. Si prefería cenar por su cuenta, saliendo a la derecha, en la plaza, había un café de mucha solera, tal vez ya lo conociera, era uno de los más antiguos cafés de Oporto, una verdadera institución, se cenaba bien y a buen precio, pero quizás fuera mejor que antes se diera una ducha; si quería pasar a su habitación, era la segunda a la derecha por el pasillo, tenía que decirle un par de cosas pero ya lo haría después de cenar, total ella se acostaba tarde.

Firmino entró en su habitación y la positiva impresión de la Pensión Rosa se confirmó. Una amplia ventana que daba al jardincillo trasero, techos altos, sólidos muebles rústicos, una cama de matrimonio. Y un cuarto de baño con bañera revestido de azulejos floreados. Hasta había un secador para el pelo. Firmino se desvistió con calma y se dio una ducha tibia. A fin de cuentas en Oporto no hacía el calor húmedo que se había temido, o por lo menos su habitación era fresca. Se puso una camisa de manga corta, por precaución se colgó una chaqueta ligera del brazo y salió. La calleja parecía bastante animada. Las tiendas habían bajado ya las persianas, pero los inquilinos estaban en las ventanas tomando el fresco y charlaban con sus vecinos de enfrente. Se detuvo a escuchar aquella cháchara que le producía cierta ternura. Captó algunas frases aquí y allá, especialmente las de una muchacha robusta asomada a su alféizar. Hablaba del equipo del Oporto, que el día anterior había jugado en Alemania y había ganado. La muchacha parecía entusiasmada, sobre todo por el delantero centro, cuyo nombre le era desconocido.

Desembocó en la plaza y vio enseguida el café. No había posibilidad de equivocarse. Era un edificio decimonónico con la fachada cargada de molduras y una puerta de acceso enmarcada por un ancho listón de madera. La enseña representaba un hombrecillo rubicundo sentado sobre un barril de vino. Firmino entró. La sala del café era inmensa, con viejas mesas de madera, una enorme barra taraceada y muchos ventiladores de latón en el techo. Las últimas mesas estaban reservadas para el restaurante, pero no había clientes. Firmino se sentó y se dispuso a una opípara cena estudiando atentamente la carta. Había decidido el menú y ya se le hacía la boca agua cuando llegó el camarero. Era un joven esbelto con una barbita morena y el pelo a cepillo.

–La cocina está cerrada, señor –le informó el camarero–, sólo puedo ofrecerle platos fríos.

Firmino miró el reloj. Eran las once y media, no se había dado cuenta de lo tarde que era. De todas formas, a las once y media en Lisboa se podía cenar tranquilamente.

–En Lisboa a estas horas todavía se puede cenar –dijo por decir algo.

–Lisboa es Lisboa y Oporto es Oporto –respondió filosóficamente el camarero–, pero ya verá como nuestros platos fríos no le decepcionan; si me permite una sugerencia, la cocinera ha preparado una ensalada de langostinos con mayonesa que podría resucitar a un muerto.

Firmino aceptó y el camarero volvió al poco rato con una fuente de ensalada de langostinos. Le sirvió una ración abundante y, mientras le servía, dijo:

–El equipo del Oporto ganó ayer en Alemania, los alemanes son más robustos, pero nosotros se la jugamos con nuestra velocidad.

Evidentemente tenía ganas de charla, y Firmino le siguió la corriente.

–El Oporto es un buen equipo –respondió–, pero no tiene la tradición del Benfica.

–¿Es usted de Lisboa? –preguntó inmediatamente el camarero.

—Lisboa centro —precisó Firmino.

—Ya me había dado cuenta por el acento —dijo el camarero. Y después continuó—: ¿Y qué está haciendo en nuestra ciudad?

—Busco a un gitano —respondió Firmino sin pensárselo.

—¿Un gitano? —preguntó el camarero.

—Un gitano —repitió Firmino.

—A mí los gitanos me caen muy bien —dijo el camarero como si tanteara el terreno—. ¿Y a usted?

—No sé mucho de ellos —respondió Firmino—, más bien casi nada.

—Será porque yo soy de Barcelos —dijo el camarero—, ¿sabe?, cuando era niño, en Barcelos se celebraba la feria más hermosa de todo el Miño, ahora ya no es lo que era, volví el año pasado y casi me dio pena, en cambio en aquellos tiempos era todo un espectáculo, pero no quisiera aburrirle, quizás le esté importunando.

—De ninguna manera —dijo Firmino—, es más, siéntese conmigo, así me hace compañía. ¿Puedo invitarle a un vaso de vino?

El camarero se sentó y aceptó el vaso de vino.

—Le estaba hablando de la feria de Barcelos —continuó el camarero—, cuando yo era niño era magnífica, especialmente por el ganado del mercado, aquella raza de bueyes del Miño, con los cuernos larguísimos, ¿se acuerda?, bah, ahora ya no existen, y además había caballos, potrillos, acémilas, mi padre era tratante y comerciaba con los gitanos durante el verano, aquellos gitanos tenían unos caballos soberbios, y eran personas de honor, me acuerdo de la comida que ofrecían a mi padre tras concluir un negocio, preparaban una mesa enorme en la plaza de Barcelos y mi padre me llevaba con él.

Hizo una pausa.

–No sé por qué estoy aquí molestándolo con mis recuerdos de infancia –dijo–, será porque ahora los gitanos me dan pena, se han visto reducidos a la miseria, y encima tienen que soportar la hostilidad de la población.

–¿De verdad? –preguntó Firmino–, no lo sabía.

–Es un feo asunto local –añadió el camarero–, pero tal vez se lo cuente en otra ocasión, espero que vuelva a comer y que nuestro restaurante le haya gustado.

–Era un plato delicioso –asintió Firmino.

A él también le hubiera gustado quedarse charlando, pero recordó que Dona Rosa quería hablar con él, de modo que pagó la cuenta y se apresuró a volver. La encontró en el saloncito leyendo una revista de actualidad. Ella dio unos golpecitos con la mano en el sofá invitándolo a sentarse, y Firmino se acomodó a su lado. Dona Rosa se interesó por si la cena había resultado de su gusto. Firmino respondió que sí, y que el camarero, un tipo muy simpático, también tenía una excelente relación con los gitanos.

–Nosotros también tenemos una excelente relación con los gitanos –respondió Dona Rosa.

–¿Nosotros? ¿A quién se refiere? –preguntó Firmino.

–A la pensión de Dona Rosa –respondió Dona Rosa.

Y con una ancha sonrisa continuó:

–Manolo el Gitano le espera mañana a mediodía en el campamento, ha aceptado hablar con usted.

Firmino la miró con estupor.

–¿Se ha puesto en contacto con él a través de la policía? –preguntó.

–Dona Rosa no usa los cauces de la policía –respondió plácidamente Dona Rosa.

–Y, entonces, ¿cómo lo ha hecho? –insistió Firmino.

–A un buen periodista le basta con el contacto, ¿no le parece? –dijo con complicidad Dona Rosa.

–¿Dónde queda ese campamento? –preguntó Firmino.

Dona Rosa desplegó un mapa de la ciudad que tenía preparado sobre la mesita.

–Hasta Matosinhos puede ir en autobús –explicó–, luego tendrá que coger un taxi, el campamento está justo aquí, ¿lo ve?, donde esta mancha verde, son terrenos del ayuntamiento, Manolo le espera en la tienda que linda con el campamento.

Dona Rosa dobló el mapa dejando entender que no tenía más que decir.

–¿Tiene una grabadora? –preguntó.

Firmino asintió.

–No la saque del bolsillo –dijo Dona Rosa–, a los gitanos no les gustan las grabadoras.

Se levantó y empezó a apagar las luces, haciéndole

comprender que era hora de irse a la cama. También Firmino se levantó e hizo ademán de despedirse.

—¿Cuántos años tiene? —preguntó Dona Rosa.

Firmino respondió con la fórmula que utilizaba siempre cuando se veía en el aprieto de confesar que sólo tenía veintisiete años. Era una fórmula torpe, pero no era capaz de encontrar nada mejor.

—Prácticamente treinta —respondió.

—Demasiado joven para trabajos de esta clase —farfulló Dona Rosa. Y añadió—: Nos veremos mañana, que descanse.

4

Manolo el Gitano estaba sentado junto a una mesita bajo el emparrado de la tienda. Llevaba una chaqueta negra y un sombrero de ala ancha, a la española. Tenía un aire de nobleza perdida: la miseria se le leía a la perfección en el rostro y en la camisa desgarrada en el pecho.

Firmino había entrado en la tienda por la puerta delantera, que daba a una graciosa callecita de casas bajas, humildes pero bien cuidadas. Pero allí, en la parte trasera de la estancia, el panorama era completamente distinto. Más allá de la verja desvencijada que delimitaba los terrenos de la tienda se veía el campamento de los gitanos: seis o siete caravanas medio destrozadas, algunas chabolas de cartón, dos automóviles americanos de los años sesenta, niños medio desnudos que jugaban en la explanada polvorienta. Bajo un cobertizo de hojas secas un asno y un caballo espantaban las moscas con el rabo.

–Encantado –dijo Firmino–, me llamo Firmino. –Y le tendió la mano.

Manolo se llevó dos dedos al sombrero y le estrechó la mano.

–Gracias por haber aceptado que nos viéramos –dijo Firmino.

Manolo no dijo nada, sacó la pipa y deshizo en la cazoleta dos cigarrillos amarillentos. Su rostro no revelaba expresión alguna y sus ojos permanecían fijos mirando hacia arriba, al emparrado.

Firmino depositó sobre la mesa un bloc de notas y un bolígrafo.

–¿Puedo tomar notas? –preguntó.

Manolo no respondió y siguió mirando el emparrado. Después dijo:

–¿Cuántos *baguines?*

–¿*Baguines?* –repitió Firmino.

Manolo, por fin, lo miró. Parecía contrariado.

–*Baguines, parné.* ¿No entiendes la *geringonça?*

Firmino pensó que las cosas no estaban yendo en la dirección adecuada. Se sintió estúpido, y todavía más estúpido si pensaba en la pequeña Sony que llevaba en el bolsillo y que le había costado un ojo de la cara.

–Hablo también portugués, pero sobre todo la *geringonça* –especificó Manolo.

No, efectivamente Firmino no era capaz de entender el dialecto gitano, ese al que Manolo llamaba *geringonça.*

Se esforzó en resolver la situación y buscó un hilo lógico, empezando de nuevo por el principio.

–¿Puedo escribir tu nombre?

–Manolo El Rey no acabará en el *cagarrão* –respondió Manolo cruzando las muñecas, y después se llevó el dedo a los labios. Firmino comprendió que el *cagarrão* debía de ser la cárcel o la policía.

–De acuerdo –dijo–, nada de nombres, repíteme la pregunta.

–¿Cuántos *baguines?* –repitió Manolo rozándose el pulgar y el índice como si contara dinero.

Firmino hizo cuentas rápidamente. Para los gastos inmediatos el director le había dado cuarenta mil escudos. Diez mil podría ser un precio justo para Manolo, la verdad es que había aceptado hablar con él, lo que era excepcional para un gitano, y quizás pudiera sacarle cosas que hubiera ocultado a la policía. ¿Y si en cambio Manolo no sabía nada más de lo que ya había dicho, y si aquella cita no era más que un truco para sacarle *baguines,* como él decía? Firmino intentó ganar tiempo.

–Depende de lo que me digas –dijo–, de si lo que me cuentas vale la pena.

Manolo repitió desabridamente:

–¿Cuántos *baguines?* –Y se rozó de nuevo el pulgar y el índice.

Tomarlo o dejarlo, reflexionó Firmino, no había elección.

–Diez mil escudos –dijo–, ni uno más ni uno menos.

Manolo hizo un imperceptible gesto de asentimiento con la cabeza.

–Un *chavelho* –murmuró. Y se llevó el pulgar hacia la boca, echando la cabeza hacia atrás.

Firmino esta vez lo cogió al vuelo, se levantó, entró en la tienda y volvió con un litro de vino tinto. Mientras lo hacía, se metió la mano en el bolsillo y apagó la grabadora. No habría sabido decir por qué lo hizo. Tal vez porque Manolo le gustaba, así, a primera vista. Le gustaba aquella expresión dura y al mismo tiempo perdida, desesperada a su manera, y la voz de aquel viejo gitano no se merecía que fuera robada por un aparato electrónico japonés.

–Cuéntamelo todo –dijo Firmino, y apoyó los codos en la mesa con los puños contra las sienes, como cuando quería concentrarse. Del bloc de notas podía prescindir también, le bastaba con la memoria.

Manolo se lo tomó con calma. A fin de cuentas se explicaba bastante bien, y respecto a las palabras en *geringonça,* qué se le iba a hacer, Firmino no las descifraba, pero por el hilo del discurso conseguía intuir su significado. Empezó diciendo que le costaba trabajo dormirse, que se despertaba en plena noche, y que eso es lo que les ocurre a los viejos, porque los viejos se despiertan y piensan en toda su vida, y eso les provoca angustia, porque reflexionar sobre toda una vida es fuente de añoranza, especialmente las vidas de los que pertenecen al pueblo de los gitanos, que una vez fueron nobles y ahora se han convertido en unos miserables; pero él era viejo sólo en el alma y en la mente, en el cuerpo no, porque conservaba todavía su virilidad, sólo que con su mujer su virilidad era inútil, porque ella era una mujer vieja, de modo que él se levantaba e iba a vaciar la vejiga para estar tranquilo. Y después habló de Manolito, que era hijo de su hijo, y explicó que tenía los ojos azules y que le aguardaba un triste futuro, porque ¿qué futuro puede haber en un mundo como éste para un niño gitano? Y después empezó a divagar y le preguntó si conocía un lugar que se llamaba Janas. Firmino le escuchaba con atención. Le gustaba la manera de hablar de Manolo, con aquellas frases ampulosas salpicadas de palabras en dialecto, de modo que preguntó con interés:

–Janas..., ¿dónde está?

Y Manolo le explicó que era una localidad no demasiado lejana a Lisboa, hacia el interior, en la zona de Mafra, donde había una antigua capilla circular que se remontaba a los primeros cristianos del imperio romano, y era un lugar sagrado para los gitanos, porque los gitanos recorrían la Península Ibérica desde tiempos remotísimos, y todos los años, el quince de agosto, los gitanos de Portugal se reunían en Janas para una gran fiesta, era una fiesta de cantos y bailes, los acordeones y las guitarras no callaban ni un momento y los alimentos se preparaban en grandes braseros a los pies de la colina, y después, al llegar el ocaso, cuando el sol estaba en el horizonte, justo en ese momento, cuando sus rayos teñían de rojo la llanura que acababa en los acantilados de Ericeira, el cura que había celebrado la misa salía de la capilla para bendecir los animales de los gitanos, los mulos y los caballos, aquellos caballos que eran los más bellos de la Península Ibérica y que los gitanos vendían después a los establos de Alter do Chao, donde eran adiestrados por los jinetes que participaban en las corridas, pero ahora, ahora que los gitanos ya no tenían caballos y que se compraban horribles automóviles, ¿qué iban a bendecir?, ¿o es que pueden bendecirse los automóviles, que son de metal? Claro, a los caballos si no se les da cebada y sémola se mueren, pero los automóviles, si no hay dinero para echar gasolina, no se mueren y cuando se les echa gasolina arrancan de nuevo, por eso los gitanos que tenían algo de dinero ya no tenían caballos y se compraban automóviles, pero ¿es que podían bendecirse los automóviles?

Manolo lo miraba con ojos interrogativos, como si esperase de él una solución, y en su rostro había una expresión de profunda infelicidad.

Firmino bajó la mirada, casi como si fuera responsable de lo que estaba sucediendo con el pueblo de Manolo, y no halló el valor de invitarle a continuar. Pero Manolo continuó por su cuenta, con detalles que probablemente él consideraba interesantes, cómo se había puesto a mear bajo la vieja encina y cómo había visto el zapato que sobresalía entre los arbustos. Y luego describió centímetro a centímetro lo que sus ojos habían visto al examinar el cuerpo que yacía entre los arbustos, y dijo que en la camiseta que llevaba el cuerpo había algo escrito que silabeó porque no sabía pronunciarlo, era una lengua extranjera, y Firmino lo escribió en el bloc de notas.

–¿Así? –preguntó Firmino–, ¿estaba escrito así?

Manolo asintió. Estaba escrito: Stones of Portugal.

–Pero la policía ha declarado que el cuerpo tenía el torso desnudo –objetó Firmino–, los periódicos dicen que tenía el torso desnudo.

–No –insistió Manolo–, llevaba esas palabras, precisamente ésas.

–Continúa –pidió Firmino.

Manolo continuó, pero el resto Firmino ya lo sabía. Era lo que Manolo le había contado al dueño de la tienda y que éste sucesivamente había confirmado a la policía. Firmino pensó que quizás ya no pudiera sacar nada más del viejo gitano, sin embargo algo le impulsó a insistir.

–Tú duermes poco, Manolo –le dijo–, ¿oíste algo esa noche?

Manolo puso el vaso y Firmino se lo llenó. Manolo se tragó el vino y murmuró:

–Manolo bebe, pero a su pueblo le hace falta el *alcide*.

–¿Qué es el *alcide*? –preguntó Firmino.

Manolo, con condescendencia, se lo tradujo al portugués.

–Quiere decir pan.

–¿Oíste algo durante la noche? –repitió Firmino.

–Un motor –dijo rápidamente Manolo.

–¿Quieres decir un coche? –inquirió Firmino.

–Un coche y portezuelas que se cerraban.

–¿Dónde?

–Delante de mi chabola.

–¿Puede llegar un coche hasta tu chabola?

Manolo le señaló con el índice un sendero de tierra que provenía oblicuamente de la carretera principal y rodeaba el campamento.

–Por ese sendero se puede llegar hasta la vieja encina –precisó–, y bajar por la colina hasta el río.

–¿Oíste voces?

–Voces –confirmó Manolo.

–¿Qué decían?

–No lo sé –dijo Manolo–, imposible comprenderlas.

–¿Ni siquiera una palabra? –insistió Firmino.

–Una palabra –dijo Manolo–, oí que decían *cagarrão*.

–¿Cárcel? –preguntó Firmino.

–Cárcel –asintió Manolo.

–¿Y después?

–Después no lo sé –dijo Manolo–, pero uno tenía una gran *gateira*.

–¿*Gateira*? –preguntó Firmino–, ¿qué quiere decir?

Manolo señaló la botella de vino.

–¿Había bebido? –preguntó Firmino–, ¿es eso lo que quieres decir, que estaba borracho?

Manolo asintió con la cabeza.

—¿Cómo te diste cuenta?

—Reía como quien tiene una gran *gateira*.

—¿Oíste algo más? —preguntó Firmino.

Manolo sacudió la cabeza de derecha a izquierda.

—Piénsalo bien, Manolo —dijo Firmino—, todo lo que puedas recordar es precioso para mí.

Manolo parecía reflexionar.

—¿Cuántos crees que eran? —preguntó Firmino.

—Dos o tres —respondió Manolo—, no lo sé, podría ser.

—¿No te acuerdas de ninguna otra cosa importante?

Manolo reflexionó y bebió otro vaso de vino. El dueño apareció por la puerta del patio y se quedó mirándoles con curiosidad.

—Cagón —dijo Manolo—, ése es su nombre, le debo dos mil escudos de aguardiente.

—Con el dinero que te daré podrás cancelar tu deuda —le consoló Firmino.

—Uno de ellos hablaba mal —dijo Manolo.

—¿Qué quieres decir? —preguntó Firmino.

—Hablaba mal.

—¿Quieres decir que no hablaba portugués?

—No —dijo Manolo—, así: qué m-m-m-mierda de vi-vida, qué m-m-m-mierda de vi-vida.

—Ah —dijo Firmino—, era tartamudo.

—Exacto —confirmó Manolo.

—¿Algo más? —preguntó Firmino.

Manolo sacudió la cabeza.

Firmino sacó la cartera y cogió diez mil escudos. Manolo los hizo desaparecer a una velocidad sorprendente. Firmino se levantó y le tendió la mano. Manolo se la estrechó y se llevó dos dedos al sombrero.

–Ve a Janas –dijo Manolo–, es un lugar muy bonito.

–Iré, antes o después –prometió Firmino alejándose. Entró en el café y pidió al dueño que llamara un taxi por teléfono.

–Pierde el tiempo –respondió desabridamente el dueño–, los taxis se niegan a venir hasta aquí si se les llama por teléfono.

–Tengo que ir a la ciudad –dijo Firmino.

El dueño espantó las moscas con un trapo sucio y respondió que había un autobús.

–¿Dónde está la parada? –preguntó Firmino.

–A un kilómetro, saliendo a la izquierda.

Firmino salió bajo el sol ardiente. Tus muertos, Cagón, pensó. El calor era feroz, un calor muy húmedo, como correspondía a Oporto. Por la carretera no pasaba nadie, ni siquiera podía hacer autostop. Pensó que en cuanto llegara a la pensión escribiría el artículo y lo mandaría por fax al periódico. Saldría pasado mañana. Ya veía el título: *Habla el hombre que encontró el cadáver decapitado*. Y debajo, en la entradilla: De nuestro enviado a Oporto. La historia completa con todo lujo de detalles, como se la había contado Manolo, con aquel misterioso coche deteniéndose en medio de la noche junto a la chabola. Y las voces en la oscuridad. Delitos y misterios, como querían los lectores de su periódico. Pero que una de aquellas voces desconocidas tartamudeaba no lo diría. Eso no. Firmino no sabía por qué, pero ese detalle se lo guardaba para sí, no iba a revelárselo a sus lectores.

En la amplia curva de la carretera desierta, con un mar azul cobalto, un enorme anuncio de la TAP Air Portugal prometía unas vacaciones de ensueño en Madeira.

5

Caramba, dijo Firmino, ¿cómo se puede decir que no te gusta una ciudad si no la conoces bien? Era ilógico. Una verdadera falta de espíritu dialéctico. Lukács sostenía que el conocimiento directo de la realidad es un instrumento indispensable para formular una opinión crítica. No había duda.

Por eso Firmino había entrado en una gran librería y había buscado una guía. Su elección se había decantado por una publicación reciente, de un bonito color azul, con magníficas fotografías a color. El autor se llamaba Helder Pacheco, y además de demostrar una enorme competencia, revelaba un inusitado amor por Oporto. Firmino detestaba las guías técnicas, impersonales y objetivas, con su fría información. Prefería las cosas hechas con entusiasmo, entre otras razones porque a él le hacía falta entusiasmo en la situación en que se encontraba.

Así, provisto de aquella guía, se puso a dar vueltas por

la ciudad entreteniéndose en buscar en el libro los lugares a los que sus pasos vagabundos le llevaban. Se encontró en Rua S. Bento da Vitória, y el lugar le gustó, sobre todo porque, con aquel calor, era una calle oscura, fresca, donde el sol parecía no penetrar. Buscó el lugar en el índice, que era de consulta fácil, y lo encontró enseguida en la página ciento treinta y dos. Descubrió que antiguamente esa calle se llamaba Rua S. Miguel, y que en 1600 un para él desconocido fray Pereira de Novais le había dedicado una pintoresca descripción en castellano. Se deleitó con la ampulosa descripción de aquel fraile que hablaba de las «casas hermosas de algunos hidalgos», ministros, cancilleres y otros notables de aquella ciudad a los que el tiempo había devorado, pero de cuyas vidas quedaban testimonios arquitectónicos: frontones y capiteles de estilo jónico que recordaban la época noble y fastuosa de aquella calle, antes de que los rigores de la historia la transformaran en una calle plebeya, como era actualmente. Prosiguió con su inspección y llegó frente a un palacete de aspecto imponente. Según la guía, había pertenecido a la baronesa da Regaleira, había sido construido a finales del siglo XVIII por un tal José Monteiro de Almeida, comerciante portugués en Londres, y había albergado con posterioridad la central de Correos, un convento de carmelitas, un instituto estatal, hasta convertirse en la sede de la policía judicial. Firmino se detuvo un momento ante aquel majestuoso portal. La policía judicial. Quién sabía si alguien, allí dentro, estaría ocupándose del cuerpo decapitado cuyas inciertas pistas él también estaba siguiendo. Quién sabía si un austero magistrado, inmerso en el desciframiento de los informes de los forenses que habían realizado la autopsia, no estaría intentando remontarse hasta la identidad que escondía aquel cuerpo mutilado.

Firmino miró el reloj y siguió su camino. Eran casi las doce de la mañana. El *Acontecimento* debía de estar ya en los kioscos de Oporto, llegaba con el avión de la mañana. Desembocó en un plazoleta que no se preocupó de buscar en la guía. Se dirigió al kiosco y compró el periódico. Se sentó en un banco. El *Acontecimento* dedicaba al caso la portada, con un dibujo violeta en el que se veía la silueta de un cuerpo sin cabeza superpuesto a un cuchillo del que chorreaba sangre. El enorme titular decía: *Todavía sin nombre el cadáver decapitado. Su* artículo estaba en las páginas interiores. Firmino lo leyó con atención y vio que no había modificaciones sustanciales. Notó, sin embargo, que el pasaje en el que hablaba de la camiseta había sido ligeramente cambiado, y sintió cierta irritación. Se dirigió a una cabina telefónica y llamó al periódico. Naturalmente, respondió la señorita Odette, y le entretuvo un buen rato, pobrecilla, en su silla de ruedas, su único contacto con el mundo era el teléfono. Quería saber si en Oporto se comía de verdad tantos callos como decían, y Firmino respondió que él los había evitado. Y luego si era más bonita que Lisboa, y Firmino dijo que era diferente pero con un encanto propio, que estaba descubriendo. Por último ella le felicitó por su artículo, que le había parecido «subyugante», y le hizo saber que era una verdadera suerte para él vivir aventuras tan intensas. Por fin le pasó con el director.

–Oiga –dijo Firmino–, veo que hemos decidido ser cautos.

El director rió.

–Es una cuestión de estrategia –respondió.

–No acabo de comprenderlo –dijo Firmino.

–Escucha, Firmino –explicó el director–, tú afirmas que Manolo el Gitano había descrito con todo detalle la camiseta a la policía, pero la policía, en su comunicado, afirmó que el cadáver tenía el torso desnudo.

–Precisamente –se impacientó Firmino–, ¿y entonces?

–Pues que entonces alguna razón habrá para ello –insistió el director–, no seremos nosotros quienes desmintamos a la policía, creo que lo mejor sería decir que, según algunas voces recogidas por nosotros, el cadáver llevaba una camiseta con las palabras Stones of Portugal, no vaya a ser que el tal Manolo se lo haya inventado todo.

–Pero nos jugamos la noticia si no decimos que la policía ha ocultado la camiseta –protestó Firmino.

–Alguna razón habrá para ello –respondió el director–, y sería una maravilla que tú la descubrieras.

Firmino se contuvo a duras penas. Qué ideas más grandiosas se le ocurrían a su director. La policía ni siquiera le recibiría, ni pensar en que contestaran a las preguntas de un periodista.

–¿Y qué narices haría usted, pues? –preguntó Firmino.

–Exprímete las meninges –dijo el director–, eres joven y tienes una buena imaginación.

–¿Quién es el magistrado encargado del caso? –preguntó Firmino.

–Es el juez Quartim, ya lo sabes, pero de él no sacarás nada, porque todos los elementos del caso se los ha proporcionado la policía.

–Me parece un círculo vicioso estupendo –objetó Firmino.

–Exprímete las meninges –dijo el director–, para esa investigación es para lo que te he mandado a Oporto.

Firmino salió de la cabina chorreando sudor. Ahora se sentía más irritado que nunca. Se dirigió a la fuentecilla de la plaza y se lavó la cara. Mierda, pensó, ¿y ahora? La parada del autobús estaba justo en la esquina. Firmino consiguió coger al vuelo el autobús que llevaba al centro. Se felicitó a sí mismo porque dominaba ya los puntos de referencia fundamentales de aquella ciudad cuya topografía le había parecido tan hostil al principio. Pidió al conductor que le indicara la parada más cercana a un centro comercial. Bajó a un gesto del conductor y sólo entonces se dio cuenta de que ni siquiera había pagado el billete. Entró en el centro comercial, un espacio enorme que algún arquitecto inteligente, especie cada vez más rara, había conseguido integrar en unos viejos edificios sin estropear la fachada. Oporto era una ciudad organizada: a la entrada, en un amplio vestíbulo lleno de escaleras mecánicas que descendían al sótano o subían a las plantas superiores, había un mostrador donde una bella muchacha con un traje azul repartía entre los clientes un folleto descriptivo en el que estaban indicadas todas las tiendas del centro y su ubicación exacta. Firmino estudió el folleto y se dirigió con decisión hacia el pasillo B de la primera planta. La tienda se llamaba T-shirt International. Era un local lleno de espejos, con probadores y las estanterías repletas de mercancía. Algunos chicos se estaban probando camisetas y se contemplaban en los espejos. Firmino se dirigió a la dependienta, una rubita de pelo largo.

–Quisiera una camiseta –dijo–, una camiseta especial.

–Aquí tenemos para todos los gustos, señor –respondió la chica.

–¿Son nacionales? –preguntó Firmino.

–Nacionales y extranjeras –respondió la chica–, las importamos de Francia, Italia, Inglaterra y, sobre todo, de los Estados Unidos.

–Bien –dijo Firmino–, su color es azul, pero podría ser de cualquier otro color, lo importante es el logotipo.

–¿Qué es lo que pone? –preguntó ella.

–Stones of Portugal –dijo Firmino.

La chica pareció reflexionar un instante. Torció ligeramente la boca, como si aquellas palabras no le dijeran nada, cogió un grueso catálogo escrito a máquina y lo recorrió con el índice.

–Lo siento, señor –dijo–, no la tenemos.

–Pues yo la he visto –dijo Firmino–, la llevaba uno con el que me crucé por la calle.

La chica adoptó de nuevo un aire reflexivo.

–Tal vez sea publicidad –dijo después–, pero nosotros no tenemos camisetas publicitarias, sólo camisetas comerciales.

Firmino reflexionó también. Publicidad. Podía ser una camiseta publicitaria.

–Sí –dijo–, pero ¿publicidad de qué? ¿Qué cree usted que puede ser Stones of Portugal?

–Bueno –dijo la chica–, podría ser un nuevo grupo de rock que ha dado un concierto; habitualmente, cuando hay un concierto, venden en la entrada camisetas publicitarias, ¿por qué no prueba en una tienda de discos?, con los discos suelen vender también camisetas.

Firmino salió y buscó en el folleto una tienda de discos. Música clásica o música moderna. Naturalmente eligió música moderna. Estaba en el mismo pasillo. El chico del mostrador llevaba auriculares y escuchaba inspirado. Firmino esperó pacientemente a que advirtiera su presencia.

–¿Conoce un grupo que se llama Stones of Portugal? –preguntó.

El dependiente le miró y adoptó un aire pensativo.

–No me suena –repondió–, ¿es un grupo nuevo?

–Puede –respondió Firmino.

–¿Muy nuevo? –preguntó el dependiente.

–Puede –respondió Firmino.

–Nosotros solemos estar bien informados acerca de las novedades –aseguró el dependiente–, los grupos más recientes son Novos Ricos y los Lisbon Ravens, pero el que usted busca, francamente, no me suena, a menos que sea un grupo de aficionados.

–¿Cree usted que un grupo de aficionados podría confeccionar camisetas publicitarias? –preguntó Firmino, aunque ya sin esperanza.

–Ni pensarlo –respondió el dependiente–, a veces no pueden hacerlo ni los profesionales, ¿sabe?, vivimos en Portugal, no en los Estados Unidos.

Firmino le dio las gracias y salió. Eran casi las dos de la tarde. No tenía ganas de ponerse a buscar un restaurante. Quizás pudiera comer algo en la pensión de Dona Rosa. Siempre que el plato del día no fueran callos.

6

El plato de Dona Rosa para aquel día eran *rojões* al estilo del Miño. Tal vez no fuera el plato más adecuado precisamente para el calor de Oporto, pero a Firmino le volvía loco, taquitos de solomillo de cerdo fritos en la sartén y acompañados de patatas rehogadas.

Por primera vez desde que había llegado se sentó en el comedor de la pensión. Había tres mesas ocupadas. Dona Rosa se acercó y quiso presentarle al resto de los huéspedes, le hacía ilusión. Firmino la siguió. El primero, el señor Paulo, era un señor de unos cincuenta años que importaba carne para la zona de Setúbal. Era calvo y robusto. El segundo, el señor Bianchi, era un italiano que no hablaba portugués y que se expresaba en un francés titubeante. Tenía una empresa que compraba setas frescas y secas y las exportaba a Italia, en vista de que los portugueses prestaban tan poca atención a las setas. Contó sonriendo que el negocio iba viento en popa y que esperaba que los portu-

gueses siguieran prestando tan poca atención a dichas setas. Y finalmente había una pareja de Aveiro que celebraba
sus bodas de plata y estaba en su segunda luna de miel.
Quién sabe por qué habrían elegido precisamente aquella
pensión.

Dona Rosa le dijo que el director le había estado buscando y que quería que le llamara urgentemente. Firmino
dejó aparcado al director de momento, porque, si no, toda
aquella maravilla que circulaba en las fuentes se habría
quedado fría. Comió con calma y con gusto, pues el cerdo
estaba realmente exquisito. Pidió un café y al final se resignó a telefonear al periódico.

El teléfono estaba en el saloncito, en las habitaciones
no había más que un interfono que comunicaba exclusiva-
mente con la recepción. Firmino introdujo las monedas y
marcó el número. El director no estaba. La telefonista le
pasó con el señor Silva, a quien Firmino llamó inmediatamente señor Huppert para que no se enfadara. El señor
Huppert se mostró afectuoso y paternal.

–Ha llamado alguien sin identificar –dijo–, con nosotros no quiere hablar, quiere hablar con el enviado, es decir, contigo, le hemos dado el número de la pensión, te
llamará a las cuatro, para mí que llama desde Oporto.

Silva hizo una pausa.

–¿Te gustan los callos? –preguntó en tono pérfido.

Firmino contestó que acababa de tomarse un plato
con el que él no podía soñar ni en los días de gracia.

–No salgas de la pensión –insistió Silva–, podría no ser más que un chalado, pero no me ha dado esa impresión, trátale bien, quizás tenga cosas importantes que decirte.

Firmino miró el reloj y se sentó en el sofá. Caramba, pensó, ahora hasta ese majadero de Silva se permitía darle consejos. Cogió una revista del revistero de bambú. Era una revista que se llamaba *Vultos* y que dedicaba sus páginas a la *jet-set* portuguesa e internacional. Se puso a leer con interés un reportaje que se refería al pretendiente al trono de Portugal, Don Duarte de Bragança, que acababa de tener un hijo varón. El pretendiente, con bigotes al estilo decimonónico, estaba rígido sobre un asiento de cuero de respaldo alto y apretaba la mano de su consorte, hundida en un sillón bajo, de modo que se le veían sólo las piernas y el cuello, como si estuviera cortada por la mitad. Firmino concluyó que el fotógrafo era pésimo, pero no tuvo tiempo de acabar de leer el artículo porque sonó el teléfono. Esperó a que Dona Rosa contestara.

–Es para usted, señor Firmino –dijo amablemente Dona Rosa.

–¿Diga? –dijo Firmino.

–Mire en las páginas amarillas –susurró la voz en el auricular.

–En las páginas amarillas, ¿y qué busco? –preguntó Firmino.

–Stones of Portugal –dijo la voz–, en la sección de importación-exportación.

—¿Quién es usted? —preguntó Firmino.

—Eso no importa —respondió la voz.

—¿Por qué no llama a la policía en vez de llamarme a mí? —preguntó Firmino.

—Porque conozco a la policía mejor que usted —respondió la voz. Y colgó.

Firmino se puso a pensar. Era una voz joven, con un marcado acento del norte. No era una persona instruida, eso se veía por la dicción. ¿Y qué?, y con eso, ¿qué? El norte de Portugal estaba lleno de jóvenes con fuerte acento del norte que no tenían mucha instrucción. Cogió de la mesita las páginas amarillas y buscó la sección importación-exportación. Leyó: Stones of Portugal, Vila Nova de Gaia, Avenida Heróis do Mar, 123. Miró en su guía, pero no le resultó de mucha ayuda. No le quedaba más remedio que recurrir a Dona Rosa. Dona Rosa, con mucha paciencia, abrió de nuevo el mapa de Oporto y le señaló el lugar. La verdad es que no estaba precisamente a dos pasos, estaba en la otra punta, prácticamente ya no era Oporto, Vila Nova era un pueblecito autónomo, con su ayuntamiento y todo. ¿Tenía prisa? Pues si tenía prisa no le quedaba otra solución que coger un taxi, porque con el transporte público no llegaría hasta la hora de la cena, y cuánto le iba a costar no sabría decírselo, ella no había ido nunca en taxi a Vila Nova de Gaia, pero está claro que los lujos se pagan. Y ahora hasta luego, jovencito, ella se iba a echar una pequeña siesta, era justo lo que necesitaba.

La Avenida Heróis do Mar era una larga calle de la periferia con algunos árboles escuchimizados, bordeada por terrenos en construcción, pequeños talleres y chalés de edificación reciente con jardines llenos de estatuas de Blancanieves y golondrinas de cerámica en las paredes de los miradores. El número 123 era un edificio blanco de una planta, con un pórtico de ladrillos y un muro ondulado al estilo mexicano. Detrás del edificio se levantaba una nave cubierta de hojalata. En la pared, un letrero de latón decía: Stones of Portugal. Firmino apretó un botón y la verja se abrió. El edificio tenía un pequeño pórtico con columnas como el resto de los chalés de la calle y en una de las columnas había un letrero que decía: «Administración». Firmino entró. Era una pequeña sala decorada con muebles modernos, pero no carente de cierto gusto. Detrás de una mesa de cristal repleta de papeles había un anciano calvo y con gafas que estaba escribiendo a máquina.

–Buenos días –dijo Firmino.

El viejecito interrumpió su trabajo y le miró. Devolvió el saludo.

–¿Cuál es el motivo de su visita? –preguntó.

Firmino se sintió cogido por sorpresa. Pensó que era un verdadero idiota, durante todo el trayecto había pensado en Manolo, y luego en su novia, de la que sentía ya nostalgia, y luego en cómo habría reaccionado Lukács si

65

en vez de hallarse frente a una situación narrativa de Balzac hubiera debido enfrentarse a una realidad pura y simple como la que él estaba viviendo. Había estado pensando en todo eso, y no había pensado en cómo presentarse.

–Estoy buscando al jefe –respondió casi balbuceando.

–El dueño está en Hong Kong –dijo el viejecillo–, estará ausente todo el mes.

–¿Con quién puedo hablar? –preguntó Firmino.

–La secretaria se ha tomado una semana de vacaciones –explicó el viejecillo–, aquí no quedamos más que el mozo de almacén y yo, que me encargo de la contabilidad, ¿es algo urgente?

–Sí y no –respondió Firmino–, dado que estoy de paso por Oporto quería hacerle una propuesta al dueño.

Y a continuación prosiguió, como para dar mayor credibilidad a su presencia:

–Yo también estoy en el ramo, tengo una pequeña empresa en Lisboa.

–Ah –respondió el empleado sin el menor interés.

–¿Puedo sentarme un momento? –preguntó Firmino.

El empleado le indicó con la mano el asiento que estaba delante de la mesa. Era una silla de tela color arena, con brazos, como las que usan los directores de cine. Firmino pensó que el decorador de la Stones of Portugal era una persona de buen gusto.

–¿A qué se dedican? –preguntó con la sonrisa más amable que tenía.

El viejecillo levantó por fin la cabeza de sus papeles. Se encendió un Gauloise del paquete que tenía sobre la mesa y dio una bocanada con avidez.

–Caramba –dijo–, estas cuentas con los chinos son infernales, mandan las relaciones en dólares de Hong Kong y yo tengo que transformarlas en escudos portugueses, con la diferencia de que el dólar de Hong Kong no tiene nunca la menor oscilación, ni siquiera un céntimo, mientras que nuestra moneda es de mantequilla, no sé si sigue usted la bolsa de Lisboa.

Firmino asintió y abrió los brazos como diciendo: Ya, ya, lo sé perfectamente.

–Empezamos con los mármoles –dijo el viejecillo–, hace siete años éramos el jefe, yo, un perro pastor alemán y una barraca de hojalata.

–Ya me lo imagino –le animó Firmino–, en este país los mármoles funcionan.

–Como funcionar –exclamó el viejecillo–, funcionan. Pero hay que adivinar cuál es el mercado apropiado. Y el jefe tiene un olfato excepcional, quizás haya tenido también algo de suerte, pero su sentido para los negocios no se le puede negar, así que pensó en Italia.

Firmino hizo un gesto de asombro.

–Exportar mármol a Italia me parece una idea sorprendente –dijo–, los italianos tienen mármol para dar y tomar.

–Eso es lo que usted se cree, mi querido señor –exclamó el viejecillo–, y lo creía yo también, pero eso es lo que

significa no tener olfato y no conocer las leyes del mercado. Le voy a decir una cosa: ¿sabe usted cuál es el mármol
más apreciado en Italia?, muy sencillo, es el mármol de
Carrara. ¿Y sabe qué pide el mercado italiano? Esto también es muy sencillo, pide mármol de Carrara. Pero lo que
sucede es que Carrara ya no da abasto para satisfacer la de-
manda, mi querido señor, los motivos exactos los desconozco, digamos que porque la mano de obra es demasiado
cara, los operarios de las excavadoras son anarquistas y tienen sindicatos muy exigentes, los ecologistas dan la lata al
gobierno porque los Alpes Apuanos han quedado reducidos a un colador, cosas de ese tipo.

El viejecillo chupó ávidamente su cigarrillo.

–Bien –continuó–, y por casualidad, mi querido señor, ¿no estará usted familiarizado con el mármol de Estremoz?

Firmino hizo un vago gesto con la cabeza.

–Las mismas características que el mármol de Carrara
–dijo con satisfacción el viejecillo–, la misma porosidad,
las mismas vetas, la misma resistencia a las pulidoras, lo
mismito que el mármol de Carrara.

El viejecillo dejó escapar un suspiro, como si hubiera
revelado el secreto del siglo.

–¿Me explico? –preguntó.

–Se explica –dijo Firmino.

–Pues bien –continuó el viejecillo–, es el huevo de
Colón. El jefe vende el mármol de Estremoz a Carrara, y

ellos lo revenden en el mercado italiano como mármol de Carrara, de modo que los atrios de los edificios de Roma y los cuartos de baño de los italianos pudientes están revestidos de un estupendo mármol de Carrara que proviene de Estremoz, Portugal. Y eso que el jefe no ha querido hacer las cosas a lo grande, sabe?, simplemente ha subcontratado a una empresa de Estremoz que es la que se encarga de cortar los bloques y expedirlos de Setúbal, sólo que con el coste de la mano de obra portuguesa, ¿sabe lo que eso significa para nosotros?

Aguardó con aire impaciente una respuesta de Firmino que no llegó.

–Millones –se respondió a sí mismo. Y después continuó–: Y como una cosa lleva a otra, el jefe intentó encontrar nuevos mercados y los encontró en Hong Kong, ya que a los chinos también les vuelve locos el llamado mármol de Carrara, y como una cosa que lleva a otra lleva a su vez a otra, el jefe, visto que nos dedicábamos a la exportación, pensó que era el momento de dedicarnos a la importación, así que nos convertimos en una empresa de exportación e importación, ¿sabe?, viéndonos así no lo parece, esta sede nuestra es modesta, pero es sólo para no llamar la atención, en realidad somos una de las empresas con mayor facturación anual de Oporto, usted que es del ramo ya comprenderá que hay que mantener a Hacienda a distancia, ¿sabe que mi jefe posee dos Ferraris, dos Testarossas?, los tiene en su casa de campo, y ¿sabe a qué se dedicaba antes?

–No tengo ni idea –contestó Firmino.

–Era un empleado municipal –dijo el viejecillo con enorme satisfacción–, trabajaba en las oficinas del economato, eso es lo que significa tener olfato, claro que tuvo que pagar su peaje en la política, porque es lógico, en este país no se llega a ninguna parte sin la política, se puso a organizar la campaña electoral del aspirante a alcalde de su localidad, le llevaba en coche a todos los comicios del Minho, el alcalde resultó elegido y, como recompensa, hizo que le cedieran estos terrenos por el precio de un caramelo y le consiguió la licencia para la empresa. Pero, a propósito, ¿a qué se dedica su empresa?

–A la ropa –respondió astutamente Firmino.

El viejecillo encendió otro Gauloise.

–¿Y? –preguntó.

–Estamos abriendo una cadena de tiendas en el Algarve –dijo Firmino–, de vaqueros y camisetas, sobre todo, porque el Algarve es un lugar de jóvenes, playas y discotecas, de modo que se nos ha ocurrido comercializar las camisetas más extravagantes, porque ahora los jóvenes quieren camisetas extravagantes, si usted pretende venderles camisetas con rótulos como Harvard University no se las compra nadie, pero camisetas como las de ustedes, ésas sí, y nosotros podríamos producirlas en serie.

El viejecillo se levantó, se dirigió a un trastero con puerta corredera y rebuscó en una caja.

–¿Quiere decir ésta?

Era una camiseta azul, con el logotipo de Stones of Portugal. Era la camiseta descrita por Manolo.

El empleado le miró y se la ofreció.

–Quédesela –dijo–, pero tendrá que hablar con la secretaria la semana que viene, yo no sé qué decirle.

–¿Qué es lo que importan? –preguntó Firmino.

–Aparatos de alta tecnología desde Hong Kong –respondió el viejecillo–, material para alta fidelidad y para instalaciones de hospitales, precisamente por eso estamos metidos en un buen lío.

–¿Por qué? –preguntó delicadamente Firmino.

–Sufrimos un robo hace cinco días –respondió el viejecillo–, fue de noche, fíjese, desactivaron la alarma y se dirigieron al contenedor donde estaban los aparatos, como si fueran sobre seguro, robaron sólo dos instrumentos delicadísimos para la maquinaria del Tac, ¿sabe lo que es el Tac?

–Tomografía axial computerizada –respondió Firmino.

–Y el perro guardián –continuó el viejecillo–, nuestro pastor alemán, ni siquiera se dio cuenta, y lo cierto es que los ladrones no lo habían drogado.

–Me parece un poco difícil vender instrumental para maquinaria del Tac –objetó Firmino.

–Al contrario –dijo el viejecillo–, con todas las clínicas privadas que surgen como setas en Portugal, perdóneme, pero ¿está usted familiarizado con nuestro sistema sanitario?

–Vagamente –dijo Firmino.

–Pura piratería –explicó con convicción el viejecillo–,

por eso los aparatos sanitarios cuestan tan caros, pero el hecho es que el robo fue realmente extraño, más extraño no podía ser, fíjese, dos conmutadores electrónicos para la maquinaria del Tac robados con destreza en nuestros contenedores y abandonados al borde de la carretera a quinientos metros de aquí.

–¿Abandonados? –preguntó Firmino.

–Como si los hubieran tirado por la ventanilla –dijo el viejecillo–, pero hechos papilla, como si un automóvil hubiera pasado por encima.

–¿Avisaron a la policía? –preguntó Firmino.

–Naturalmente –dijo el contable–, sobre todo porque se trata de dos pequeños objetos de pocos centímetros pero que valen mucho dinero.

–¿De verdad? –dijo Firmino.

–Y, para colmo, con el jefe en Hong Kong y la secretaria de vacaciones –dijo con cierta exasperación el viejecillo–, todo sobre mis hombros, hasta el mozo debe de haberse puesto enfermo.

–¿Qué mozo? –preguntó Firmino.

–El mozo de los recados –respondió el viejecillo–, por lo menos tenía un subalterno para mandarlo aquí y allí, pero hace cinco días que no viene a trabajar.

–¿Un chico joven? –preguntó Firmino.

–Sí, un muchacho –confirmó el viejecillo–, un aprendiz, vino por aquí hace un par de meses a pedir trabajo y el dueño lo admitió como mozo.

Firmino sintió de repente una chispa en el cerebro.

–¿Cómo se llama? –preguntó.

–¿Por qué le interesa? –le interpeló el viejecillo.

En su expresión había un vago aire de sospecha.

–Por nada –se justificó Firmino–, una pregunta como cualquier otra.

–Le llaman Dakota –dijo el viejecillo–, porque le vuelven loco las cosas americanas, yo le he llamado siempre Dakota, pero su verdadero nombre lo desconozco, entre otras cosas ni siquiera está en el registro de personal, como le he dicho no es más que un aprendiz. Pero perdone, ¿por qué le interesa tanto?

–Por nada –respondió Firmino–, por preguntar.

–Bueno –concluyó el viejecillo–, si me disculpa, debo volver a las cuentas, esta noche tengo que mandar un fax a Hong Kong, es una factura urgente, si quiere más información, vuelva dentro de una semana, no le garantizo que esté el jefe, pero la secretaria habrá vuelto con toda seguridad.

7

–Oiga, señor director –dijo Firmino–, estoy sobre una pista, creo que he encontrado una buena pista, he identificado la camiseta del cadáver, es de una empresa de importación y exportación de Vila Nova de Gaia, hacen unas camisetas idénticas a la que me describió Manolo.

–¿Algo más? –preguntó con flema el director.

–Tenían un mozo –respondió Firmino–, un chico, no se sabe nada de él desde hace cinco días, pero no he conseguido averiguar su nombre. ¿Damos la noticia?

–¿Algo más? –insistió el director.

–La empresa sufrió un robo hace cinco días –dijo Firmino–, los ladrones cogieron dos instrumentos de alta tecnología y después los abandonaron al borde de la carretera aplastándolos con las ruedas del coche. Stones of Portugal, importación y exportación, ¿damos la noticia?

Hubo un breve silencio y después el director dijo:

–Calma. Esperaremos.

–Pero a mí me parece una noticia bomba –dijo Firmino.

–Consúltalo con Dona Rosa –ordenó el director.

–Perdone, director –preguntó Firmino–, pero ¿cómo es que Dona Rosa está tan bien informada?

–Dona Rosa conoce al tipo de personas que pueden sernos útiles en este caso –precisó el director–, es más, en cierto sentido es la señora de Oporto.

–Perdone, ¿en qué sentido? –preguntó Firmino.

–¿No te parece una mujer con clase? –le apremió el director.

–Demasiado incluso para una pensión como ésta –contestó Firmino.

–¿Has oído hablar alguna vez del Bacchus? –preguntó el director.

Firmino no dijo nada.

–Eran otros tiempos –dijo el director–, era un bar mítico, por él pasaba toda la gente importante de Oporto, y también la que no lo era. Y ya bien entrada la noche, cuando una copa de más provoca grandes conmociones para la propia vida, a todos, quien más y quien menos, se les escapaban unas lagrimitas sobre el hombro de la propietaria. Que era Dona Rosa.

–¿Y ha acabado aquí? –exclamó Firmino.

–Escucha, Firmino –prorrumpió el director–, no des tanto la lata y quédate ahí tranquilito atento a cómo se desarrollan las cosas.

–Sí –dijo Firmino–, pero es sábado, esta noche podría

coger el tren y pasar el domingo y la mañana del lunes en Lisboa, ¿no le parece?

–Perdona, jovencito, ¿y qué vas a hacer en Lisboa el domingo y la mañana del lunes?

–Está claro –respondió Firmino con vehemencia–, el domingo lo paso con mi novia, porque me parece que tengo derecho, y el lunes por la mañana me voy a la Biblioteca Nacional.

La voz del director adquirió un tono ligeramente irritado.

–La novia pase –dijo–, todos hemos tenido un periodo romántico en nuestra vida, pero ¿quieres explicarme a qué vas a ir el lunes por la mañana a la Biblioteca Nacional?

Firmino se dispuso a dar una explicación plausible. Sabía que con el director hacía falta tacto.

–En la sección de manuscritos hay una carta de Elio Vittorini a un escritor portugués –dijo–, me lo ha dicho el doctor Luís Braz Ferreira.

El director mantuvo un instante de silencio y tosió en el auricular.

–¿Y quién se supone que es ese doctor Luís Braz Ferreira?

–Es un gran experto en los manuscritos de la Biblioteca Nacional –respondió Firmino.

–Peor para él –dijo en tono de desprecio el director.

–¿Qué quiere decir? –preguntó estúpidamente Firmino.

–Quiero decir que peor para él, que es asunto suyo –repitió el director.

–Pero disculpe, señor director –insistió Firmino esforzándose en ser cortés–, el doctor Luís Braz Ferreira conoce todos los manuscritos del siglo veinte que se conservan en la Biblioteca Nacional.

–¿Conoce también los cadáveres decapitados? –preguntó el director.

–No es asunto de su competencia –dijo Firmino.

–Entonces peor para él –concluyó el director–, a mí me interesan los cadáveres decapitados, y a ti también, en este momento.

–Sí –convino Firmino–, de acuerdo, pero mire que la carta en cuestión se refiere a los libros de las «Três Abelhas», y que, le interese a usted o no, esos libros han sido fundamentales para la cultura portuguesa de finales de los años cincuenta, porque publicaban a autores americanos, y todos llegaban a través de Vittorini, gracias a una antología que él había publicado en Italia y que se llamaba *Americana*.

–Escúchame, jovencito –cortó el director–, tú trabajas para el *Acontecimento,* que, en la práctica, soy yo, y el *Acontecimento* te paga un sueldo. Y yo quiero que tú te quedes en Oporto, y sobre todo que te quedes en la pensión de Dona Rosa. No salgas a dar demasiados paseos y no pienses en los grandes sistemas del mundo, de la literatura ya te ocuparás cuando tengas ocasión, siéntate en el sofá y cuéntale chistes a Dona Rosa, y sobre todo escucha los suyos, son muy correctos, y ahora, adiós.

El teléfono hizo clic, y él miró desconsolado a Dona Rosa, que entraba por la puerta del comedor.

–¡Menuda cara, hijo mío! –le sonrió Dona Rosa, como si lo hubiera escuchado todo–, no haga caso, los directores son así, son prepotentes, yo también he conocido en mi vida a muchas personas prepotentes, hace falta paciencia, un día de éstos nos sentamos aquí y le explico cómo tratar a los prepotentes; lo importante es hacer bien el propio trabajo. –Después añadió con aire maternal–: ¿Por qué no va a echarse una siesta?, tiene usted ojeras, su habitación es fresca y las sábanas están limpias, hago que se las cambien cada tres días.

Firmino se fue a su habitación. Se hundió en un bonito sueño, como deseaba, y soñó con una playa de Madeira, un mar azul y su novia. Cuando se despertó era la hora de la cena, se puso una chaqueta y bajó. Tuvo la fortuna de encontrarse con un plato de su infancia, pescadillas fritas. Cenó con ganas, bajo la atenta mirada vigilante de la joven camarera, una muchachota robusta con visible bigote. El italiano, desde la mesa de al lado, intentó entablar una conversación centrada en la cocina, y se puso a explicarle un plato compuesto de anchoas y pimientos, diciendo que era piamontés. Firmino, amablemente, se fingió interesado. En aquel momento Dona Rosa se le acercó y se inclinó hacia su oído.

–Ha sido hallada la cabeza –musitó.

Firmino estaba mirando las cabezas de las pescadillas, que se habían quedado en el plato.

–¿La cabeza? –preguntó como un estúpido–, ¿qué cabeza?

–La cabeza que le faltaba al cadáver –dijo amablemente Dona Rosa–, pero no hay prisa, primero acabe de cenar, luego le daré todas las indicaciones sobre el caso. Le espero en el salón.

Firmino no fue capaz de mantener la calma y la siguió precipitadamente.

–La ha encontrado el señor Diocleciano –dijo con calma Dona Rosa–, la ha repescado en el Duero, y ahora siéntese y escúcheme bien, póngase aquí, junto a mí.

Dio dos golpecitos en el sofá como tenía por costumbre y como si le invitara a un té.

–Mi amigo Diocleciano tiene ochenta años –continuó Dona Rosa–, ha sido vendedor ambulante, barquero, y ahora es pescador de cadáveres y de suicidas en el Duero. Dicen que a lo largo de su vida ha recogido más de setecientos cuerpos del río. Los cuerpos de los ahogados los entrega en el tanatorio y el tanatorio le pasa un salario, es su trabajo. Pero estaba al corriente de este caso y no ha entregado todavía la cabeza a las autoridades. Trabaja también de guardián de almas en el Arco das Alminhas, en el sentido de que no sólo se ocupa de los cadáveres, sino también de su eterno reposo, les enciende unas velas en ese lugar sagrado, les reza una oración, etcétera. La cabeza la tiene en su casa, la ha pescado en el río hace un par de horas y me ha avisado, ésta es la dirección. Pero cuando vuelva, no se olvide de hacer una parada en el Arco das Alminhas y de rezar una oración por los difuntos; a propósito, no olvide la cámara fotográfica, antes de que la cabeza vaya a parar al tanatorio.

Firmino subió a su habitación, cogió la cámara fotográfica y bajó a la búsqueda de un taxi, haciendo caso omiso de las críticas de un colega envidioso que escribía en su periódico que los colaboradores del *Acontecimento* cogían demasiados taxis. El trayecto fue breve, entre las callejas del centro histórico. La vivienda del señor Diocleciano era una vieja casa con una entrada desconchada. Le abrió un anciana gorda.

–Diocleciano le espera en el salón –dijo abriéndole paso.

El salón de la familia de Diocleciano era una habitación espaciosa con una lámpara de cristal. El mobiliario había sido comprado en algún supermercado, muebles clásicos de imitación, con patas doradas, cubiertos por planchas de cristal. Sobre la mesa central, en un plato, como en el relato bíblico, había una cabeza. Firmino la miró unos instantes con cierta repugnancia y luego miró al señor Diocleciano, que estaba sentado presidiendo la mesa, como si estuviera en una cena importante.

–La he pescado en la desembocadura del Duero –dijo para informarle–, había echado los anzuelos para las lochas y una pequeña red para los cangrejos, la cabeza se ha enganchado a los anzuelos de las lochas.

Firmino miró la cabeza colocada en la bandeja intentando vencer su repugnancia. Probablemente llevaba en el río varios días. Estaba hinchada y violácea, un ojo se lo habían comido los peces. Intentó determinar su edad, pero fue incapaz. Podía tener veinte años, pero también podía tener cuarenta.

–Tengo que entregarla –dijo tranquilamente el señor Diocleciano, como si fuera la cosa más natural del mundo–, si quiere fotografiarla, dese prisa, porque la he pescado a las cinco y más allá de cierto margen no puedo mentir.

Firmino cogió la cámara fotográfica y disparó. Fotografió la cabeza por delante y de perfil.

–¿Ha visto esto? –preguntó el señor Diocleciano–, acérquese.

Firmino no se movió. El señor Diocleciano señalaba a la sien con un dedo.

–Mire aquí.

Firmino se acercó por fin y vio el orificio.

–Es un agujero –dijo.

–Una bala –precisó el señor Diocleciano.

Firmino preguntó al señor Diocleciano si podía telefonear, iba a ser una llamada breve. Le acompañaron al teléfono de la entrada. En el periódico respondía el contestador automático. Firmino dejó un mensaje para el director.

–Soy Firmino, la testa del decapitado ha sido repescada en el río por un pescador de cadáveres. La he fotografiado. Tiene un orificio de bala en la sien izquierda. Le mando inmediatamente las fotos por fax o por cualquier otro medio, pasaré por la Agencia Luso, tal vez pueda sacar una edición extraordinaria, no creo que escriba nada por ahora, los comentarios sobran, hablaremos mañana.

Salió a la cálida noche de Oporto. Ahora no tenía ningunas ganas de taxis, un buen paseo era lo que le hacía falta. Pero no hasta el río, aunque estuviera a dos pasos. Aquella noche no tenía ningunas ganas de mirar el río.

8

A las ocho Firmino fue despertado por el interfono. Era la voz viril de la camarera bigotuda.

–Su director le llama por teléfono, dice que es urgente.

Firmino se precipitó hacia abajo en bata. La pensión dormía aún.

–Las rotativas entrarán en funcionamiento dentro de media hora –dijo el director–, voy a sacar una edición especial hoy mismo, apenas dos hojas con todas tus fotografías, no hace falta texto, por ahora es mejor que tú permanezcas en silencio, a las tres de la tarde el rostro misterioso será difundido por todo el país.

–¿Cómo han salido las fotografías? –quiso saber Firmino.

–Horrendas –dijo el director–, pero quien quiera reconocerlo, lo reconocerá.

Firmino sintió un escalofrío en la espalda al pensar en el efecto que iba a provocar el periódico: peor que el de una película de terror. Se aventuró a preguntar tímidamente qué disposición iban a tener las fotos.

–En la portada, la fotografía del rostro tomada de frente –respondió el director–, en las dos páginas interiores el perfil derecho y el perfil izquierdo, y en la última página una fotografía típica de Oporto, con el Duero y el puente de hierro, naturalmente a todo color.

Firmino subió a su habitación. Se duchó, se afeitó, se puso un par de pantalones de algodón y un Lacoste rojo que le había regalado su novia. Tomó a toda prisa un café y salió a la calle. Era domingo, la ciudad estaba casi desierta. La gente dormía aún, y más tarde iría al mar. Le entraron ganas de ir también, aunque no tuviera bañador, sólo para respirar un poco de aire sano. Pero renunció a ello. Tenía su guía consigo y pensó en ir a descubrir la ciudad, los mercados, por ejemplo, las zonas populares que no conocía. Bajando por los callejones empinados de la ciudad baja comenzó a encontrar una animación que no sospechaba. La verdad era que Oporto conservaba ciertas tradiciones que en Lisboa se habían perdido: por ejemplo, algunas vendedoras de pescado, pese a que fuera domingo, con las cestas de pescado sobre la cabeza, y además las llamadas de atención de los vendedores ambulantes que le trajeron a la memoria su infancia: las ocarinas de los afiladores, las cornetas graznantes de los verduleros. Atravesó Praça da Alegria, que era en verdad alegre como su nombre rezaba. Había un mercadillo de tenderetes verdes donde se vendía un poco de todo: ropa usada, flores, legumbres, juguetes populares de madera y cerámica artesana. Compró un platito de barro cocido en el que una mano ingenua había pintado la torre de los Clérigos. Estaba seguro de que a su novia le iba a gustar. Llegó hasta Largo do Padrão, que era un mercado sin serlo, porque los campesinos y las pescaderas habían improvisado tiendas provisionales en los huecos de los portales y sobre las aceras de Rua de Santo Ildefonso. Llegó a las Fontainhas, donde había un pequeño rastrillo. Muchos puestos estaban cerrados, porque el rastrillo funcionaba sobre todo los sábados, pero algunos comerciantes hacían tratos los domingos por la mañana también. Se detuvo ante un tenderete de jaulas donde vendían pajaritos exóticos. Sobre las pequeñas jaulas había letreros de papel que indicaban el nombre del pajarito y su lugar de procedencia. La mayoría venía de Brasil y de Madeira. Firmino pensó en Madeira, en lo bonito que sería pasar allí unas vacaciones de ensueño, como prometían los carteles publicitarios de la Air Portugal. Al lado había un tenderete de libros usados y Firmino se puso a curiosear. Descubrió un viejo libro que hablaba de cómo la ciudad, un siglo antes, se comunicaba con el mundo. Echó una ojeada al capítulo que trataba de los periódicos y de los anuncios publicitarios de la época. Descubrió que a principios del siglo XIX existía un periódico que se llamaba O *Artilheiro* donde aparecía este curioso anuncio: «Las personas que deseen enviar paquetes a Lisboa o a Coimbra utilizando nuestros caballos, pueden depositar la mercancía en la estafeta de Correos situada frente a la Manufactura de Tabacos.» La página siguiente estaba dedicada a un periódico que se llamaba *O Periódico dos Pobres* y en el que aparecían gratuitamente los anuncios de las casquerías, puesto que estaban consideradas de utilidad pública. Firmino sintió un arrebato de simpatía por aquella ciudad hacia la que había experimentado, sin conocerla, cierta desconfianza. Llegó a la conclusión de que todos somos víctimas de nuestros prejuicios y que, sin darse cuenta, a él le había faltado espíritu dialéctico, esa dialéctica tan fundamental a la que Lukács daba tanta importancia.

Miró el reloj y pensó en ir a tomar algo, era la hora de comer y se dirigió intuitivamente hacia el Café Âncora. El café estaba animado, y la zona reservada para el restaurante, también. Firmino encontró una mesa libre y se sentó. Casi enseguida llegó el camarero simpático.

–¿Encontró al gitano? –preguntó con una sonrisa.

Firmino asintió.

–Luego, si me lo permite, hablamos de ello –dijo el camarero–, de los gitanos, quiero decir; si quiere un plato rápido y fresco, hoy le recomiendo la ensalada de pulpo, con aceite, limón y perejil.

Firmino aceptó y, un minuto después, el camarero llegó con la fuente.

–¿Le importa si me siento un momento? –preguntó.

Firmino le invitó a que se sentara.

–Disculpe –dijo educadamente el camarero–, ¿puedo preguntarle cuál es su profesión?

–Soy periodista –contestó Firmino.

–¡Vaya! –exclamó el camarero–, entonces sí que puede ayudarnos. ¿Dónde? ¿En Lisboa?

–En Lisboa –confirmó Firmino.

–Nos estamos movilizando a favor de los gitanos de Portugal –susurró el camarero–, no sé si ha visto las manifestaciones xenófobas que ha habido en algunos pueblecitos de los alrededores, ¿las ha visto?

–He oído algo al respecto –respondió Firmino.

–No les quieren –dijo el camarero–, en un pueblo han llegado a agredirles, es una oleada de racismo. No sé qué partidos alientan a la población, pero se lo puede usted imaginar, nosotros no queremos que Portugal se convierta en un país racista, siempre ha sido un país tolerante, formo parte de una asociación que se llama Derechos del Ciudadano, estamos recogiendo firmas, ¿le importaría firmar?

–Con mucho gusto –contestó Firmino.

El camarero sacó del bolsillo una hoja con el membrete «Derechos del Ciudadano» repleta de firmas.

–No debería hacérselo firmar en el restaurante –precisó–, porque en los locales públicos está prohibido recoger firmas, tenemos puntos de recogida distribuidos por toda la ciudad, pero, total, el propietario no mira, eso es, una firma aquí, con sus datos y el número del carné.

Firmino escribió su nombre, el número de su carné de identidad y en el apartado «profesión» escribió: periodista.

–¿Por qué no escribe un artículo al respecto en su periódico? –preguntó el camarero.

–No le prometo nada –dijo Firmino–, ahora estoy ocupado con otro reportaje.

–Están pasando cosas horribles en Oporto –observó el camarero.

En aquel momento entró en el café un chiquillo con un paquete de periódicos bajo el brazo, que iba voceando entre las mesas: «Hallada la cabeza del decapitado, el misterio de Oporto.»

Firmino compró el *Acontecimento*. Le dio una ojeada por encima y lo dobló cuidadosamente en cuatro porque sentía cierta desazón. Se lo metió en el bolsillo y se marchó. Pensó que lo mejor era regresar a la pensión.

Dona Rosa, sentada en el sofá de la salita, tenía desplegado el *Acontecimento* ante sí. Bajó el periódico y miró a Firmino.

–¡Qué horror! –susurró–, pobre hombre. Y pobrecillo de usted –añadió–, que a su edad debe afrontar miserias como éstas.

–Es la vida –suspiró Firmino sentándose a su lado.

–Viven mucho mejor los pretendientes al trono –observó Dona Rosa–, en *Vultos* viene un reportaje sobre una recepción preciosa en Madrid, van todos tan elegantes.

En aquel momento sonó el teléfono y Dona Rosa fue a contestar, Firmino la observaba. Dona Rosa le hizo una señal con la cabeza y su dedo índice lo llamó doblándose un par de veces.

–¿Diga? –dijo Firmino.

–¿Tiene con qué escribir? –preguntó la voz.

Firmino reconoció inmediatamente la voz que le había telefoneado la vez anterior.

–Tengo con qué escribir –respondió.

–No me interrumpa –dijo la voz.

–No voy a interrumpirle –lo tranquilizó Firmino.

–La cabeza pertenece a Damasceno Monteiro –dijo la voz–, veintiocho años, trabajaba como mozo en la Stones of Portugal, vivía en Rua dos Canastreiros, el número encuéntrelo usted, está en la Ribeira, delante de una fuente, y a la familia avísela usted, yo no puedo hacerlo por razones que serían largas de explicar, adiós.

Firmino colgó y marcó inmediatamente el número del periódico, mirando las notas que había tomado en el cuaderno. Preguntó por el director, pero la telefonista le pasó con el señor Silva.

–Allô, Huppert –respondió Silva.

–Soy Firmino –dijo Firmino.

–¿Están ricos los callos? –preguntó en tono sarcástico Silva.

–Escuche, Silva –dijo Firmino subrayando bien el nombre–, ¿por qué no se va a tomar por culo?

91

Al otro lado hubo un silencio, y luego el señor Silva preguntó con voz escandalizada:

–¿Qué has dicho?

–Ha oído usted bien –dijo Firmino–, y ahora póngame con el director.

Se oyó una musiquita y luego llegó la voz del director.

–Se llama Damasceno Monteiro –dijo Firmino–, veintiocho años, trabajaba como mozo en la Stones of Portugal de Vila Nova de Gaia, yo me encargo de avisar a la familia, vive en la Ribeira, después iré al tanatorio.

–Son las cuatro –respondió el director, flemático–, si consigues mandarme el reportaje antes de las nueve, mañana salimos con otra edición especial, la de hoy se ha agotado en una hora, y date cuenta, hoy es domingo y muchos kioscos están cerrados.

–Lo intentaré –dijo Firmino sin mucha convicción.

–Es necesario –precisó el director–, y sobre todo con muchos detalles pintorescos, insiste en lo patético y lo dramático, como en una buena fotonovela.

–No es mi estilo –respondió Firmino.

–Pues vete buscándote otro estilo –replicó el director–, el estilo que funciona en el *Acontecimento*. Y no lo olvides, que sea un artículo largo, bien largo.

9

«El escenario de esta triste, misteriosa y, podríamos añadir, truculenta historia es la alegre y laboriosa ciudad de Oporto. Efectivamente: nuestra portuguesísima Oporto, la pintoresca ciudad acariciada por suaves colinas y surcada por el plácido Duero. Por él navegan desde los tiempos más remotos los característicos *Rabelos*, cargados con barriles de roble, que llevan a las bodegas de la ciudad el precioso néctar que, elegantemente embotellado, emprenderá camino hacia los lejanos países del mundo, contribuyendo de esta manera a la fama imperecedera de uno de los más apreciados vinos del planeta.

»Y los lectores de nuestro periódico saben que esta triste, misteriosa y truculenta historia se refiere nada menos que a un cadáver decapitado: los miserables restos mortales de un desconocido, horrendamente mutilados, abandonados por el asesino (o por los asesinos) en un terreno agreste de la periferia, como si se tratara de un zapato viejo o de una olla agujereada.

»Así, por desgracia, parecen ir las cosas hoy en día en nuestro país. Un país que sólo recientemente ha recuperado la democracia y que ha sido acogido en la Comunidad Europea junto a los países más civilizados y desarrollados del viejo continente. Un país formado por personas honradas y laboriosas, que por la noche vuelven cansadas a su casa tras una jornada de duro trabajo y se estremecen leyendo las sórdidas crónicas que la prensa libre y demócrata, como este periódico, debe por desgracia comunicarles, si bien con el corazón lacerado.

»Y es en verdad con el corazón lacerado, y a la vez con una profunda turbación, como este enviado a Oporto se ve obligado por la deontología profesional a describirles la triste, misteriosa y truculenta historia que él mismo ha vivido en primera persona. Historia que comienza en uno de los muchos hoteles de esta ciudad, en el que este enviado recibe una llamada anónima, porque, como todos los periodistas que siguen casos difíciles, recibe decenas de llamadas anónimas. Él contesta a las llamadas con el escepticismo de un viejo periodista experimentado, preparado para escuchar a un eventual iluminado que acuse de corrupción a un concejal o le diga que la mujer del presidente de algún club deportivo se acuesta con un torero. Pero no. La voz es seca y casi autoritaria, con un marcado acento del norte: una voz juvenil, que podría ser arrogante si no hablara con tono sumiso. Le dice: la cabeza pertenece al señor Damasceno Monteiro, de veintiocho años, trabajaba como mozo en la empresa Stones of Portugal, su domicilio está en la Ribeira, en Rua dos Canastreiros, el número no lo sé, porque en su casa no hay número, está delante de una fuente, a la familia avísela usted, porque yo no puedo hacerlo por razones que serían largas de explicar, adiós. Este enviado especial se queda turbado. Él, experto periodista que a lo largo de sus cincuenta años ha vivido las situaciones más horribles, debe asumir la tarea, dolorosa y cristiana a la vez, de llevar hasta la familia de la víctima la funesta noticia. ¿Qué hacer? Este enviado se debate en la duda, pero no se deja vencer por el desconsuelo. Sabe que su profesión prevé también misiones como ésa, dolorosas pero imprescindibles. Baja a la calle, toma un taxi y pide que le lleven a la Ribeira, a Rua dos Canastreiros. Y allí se abre otro escenario de la alegre y laboriosa ciudad de Oporto, para el que la pluma de este enviado es inadecuada, haría falta un sociólogo, un antropólogo, algo que este periodista obviamente no es. Esta Ribeira, la zona más popular de la ciudad, la gloriosa Ribeira que pertenece a los artesanos, a los toneleros, al pueblo humilde de los siglos pasados, reclinada a orillas del Duero; esta Ribeira, que algunas guías superficiales intentan hacer pasar por el lugar más pintoresco de la ciudad; pues bien, ¿qué es, de verdad, esta Ribeira? Este enviado no quiere hacer retórica barata, no quiere recurrir a ilustres ejemplos literarios, y aplaza su juicio. Se limita a describirles la casa, llamémosla así, una casa como hay tantas en la Ribeira, que pertenece a la familia de la víctima. El vestíbulo sirve al mismo tiempo de cocina, con un mísero fogón de gas y un grifo. Una pared de cartón separa el vestíbulo de un cubículo que es el dormitorio de los padres de Damasceno Monteiro. Para entrar en la habitación de Damasceno, situada en el hueco de la escalera del edificio, hay que agachar la cabeza: un colchón, una manta de tipo mexicano y un póster de un indio dakota en la pared. El servicio está en el patio, y es utilizado por toda la manzana.

»Este enviado, portador de la terrible noticia, consiguió balbucear que era un periodista de Lisboa que seguía el caso del cadáver decapitado. Lo recibió la madre, una mujer de unos cincuenta años de edad, de aspecto enfermizo. Le dijo que hasta el mes pasado ganaba un sueldo lavando ropa de cama para algunas familias de Oporto, pero que ahora había tenido que renunciar al trabajo porque sufría pérdidas de sangre, el médico le había diagnosticado un fibroma y ella se había curado con una curandera de la Ribeira que preparaba tisanas. Pero las tisanas no le habían hecho nada, al contrario, las hemorragias habían aumentado: ahora tenía que hospitalizarse, pero por el momento no había ninguna cama libre, por lo que debía esperar. Su marido, el señor Domingos, en tiempos era cestero, pero desde que no trabajaba había empezado a acudir a tugurios todas las noches. Ahora tomaba Antabús porque era alcohólico. Pero, dado que tomaba Antabús como le había mandado el médico y, al mismo tiempo, bebía aguardiente, tenía crisis de intoxicación, durante las cuales vomitaba todo el día. Y ahora estaba en la habitación vomitando. Damasceno era el único hijo varón, dijo la madre, la señora Maria de Lourdes. Tenían también una hija de veintiún años que había emigrado a Bruselas para trabajar de camarera en un bar, pero no tenían noticias de ella desde hacía tiempo.

»Este enviado tuvo pues que comunicar a esa pobre mujer trastornada que la cabeza se hallaba en el tanatorio del Instituto Médico Forense, y que era necesario que ella lo reconociera. La desgraciada madre se precipitó a su habitación y volvió un instante después, con unas sandalias negras de tacón alto y un chal con flecos. Dijo que esas prendas se las había regalado la cantante de un local de Oporto, la Borboleta Nocturna, adonde su hijo Damasceno iba a hacer pequeñas reparaciones eléctricas, y que eran la única ropa decente que poseía.

»Cuando, después de haber buscado inútilmente un medio de transporte, este enviado y la pobre madre llegaron al Instituto Médico Forense, el médico se acababa de quitar los guantes y se estaba comiendo un bocadillo. Era un médico joven y simpático, de aspecto deportivo. Preguntó si habíamos venido para el reconocimiento y puntualizó que tenía prisa, porque por la noche tenía un partido de hockey sobre patines con los Invictos, el equipo en el que jugaba de portero. Nos condujo a la sala contigua y...

»Pues bien, lo que evitaré describir a mis lectores, pero que naturalmente todos podrán imaginar, es la reacción de la pobre madre. Un grito sofocado: ¡Damasceno!, ¡mi Damasceno! Una especie de sollozo, casi un estertor, un golpe seco en el suelo: la pobre mujer se había desmayado antes de que pudiéramos socorrerla. La cabeza, aquella espantosa cabeza, estaba colocada sobre una mesa de mármol, como un fetiche amazónico. El corte alrededor del cuello era regular y preciso, como si hubiera sido llevado a cabo con una sierra eléctrica. La cara estaba hinchada y violácea, porque probablemente ha permanecido en el río algunos días, pero la fisonomía era reconocible: era la de un joven de rasgos pronunciados y regulares en los que se leía cierta nobleza popular: el pelo azabache, la nariz afilada, la mandíbula prominente. Damasceno Monteiro.»

Dona Rosa levantó la vista de periódico, miró a Firmino y dijo:

–Me ha dado escalofríos, es tan realista y, al mismo tiempo, está escrito de un modo tan clásico.

–No es exactamente mi estilo –intentó explicar Firmino, pero fue interrumpido.

–Pero si a su director le ha entusiasmado –exclamó

Dona Rosa–, dice que la gente se ha rifado la edición especial.

–Bah –contestó Firmino.

–Qué valientes –dijo Dona Rosa con admiración–, eso es lo que me gusta, un periódico valiente, no como la revista *Vultos,* que habla sólo de recepciones elegantes.

–Mi director me ha dicho que mi periódico apoyará a la familia Monteiro para que se constituya en acusación particular –dijo Firmino–, y necesitamos un abogado. Sólo que no nos sobra el dinero, por lo que tendría que ser un abogado que sea razonable con el precio, me sugiere que le pregunte a usted, Dona Rosa, porque dice que usted conoce sin duda a un abogado acorde con nuestras necesidades.

–Claro que lo conozco –aseguró Dona Rosa–, ¿cuándo quiere ir a verlo?

–Mañana mismo sería estupendo –dijo Firmino.

–¿A qué hora?

–Pues no lo sé –reflexionó Firmino–, a la hora de comer, por ejemplo, podría pasar a recogerlo e invitarlo a comer, pero ¿de quién se trata?

Dona Rosa sonrió y recuperó el aliento.

–Fernando Diogo Maria de Jesus de Mello Sequeira –dijo.

–Caramba –exclamó Firmino–, vaya nombre.

–Pero si le llama así, no le conoce nadie –añadió Dona Rosa–, hay que decir abogado Loton, ése es el nombre por el que todos lo conocen en Oporto.

–¿Es un apodo? –preguntó Firmino.

–Es un apodo –contestó Dona Rosa–, porque se parece a ese actor inglés gordo que actuaba siempre en papeles de abogado.

–¿Charles Laughton, quiere decir? –preguntó Firmino.

–En Oporto se dice Loton –cortó Dona Rosa. Y a continuación añadió–: Pertenece a una familia de rancio abolengo que en siglos pasados poseía casi toda la región, pero que ahora lo ha perdido casi todo. Es un genio, viendo cómo va vestido nadie daría un céntimo por él, pero es un genio, ha estudiado en el extranjero.

–Disculpe, Dona Rosa –preguntó Firmino–, pero ¿por qué iba a aceptar defender los intereses de la familia de Damasceno Monteiro?

–Porque es el abogado de los desgraciados –respondió Dona Rosa–, en su vida no ha hecho otra cosa que defender a desventurados, es su vocación.

–Siendo así –respondió Firmino–..., y ¿dónde puedo encontrarlo?

Dona Rosa cogió un pedazo de papel y escribió en él una dirección.

–De la cita me encargo yo –dijo–, usted no se preocupe, vaya a buscarlo a mediodía.

En aquel momento sonó el teléfono. Dona Rosa fue a contestar y miró a Firmino, haciéndole su habitual llamada con el índice.

–Diga –dijo Firmino.

–El reconocimiento lo ha confirmado –dijo la voz–, como ve, tenía yo razón.

–Escuche –dijo Firmino cogiendo la ocasión al vuelo–, no cuelgue, usted necesita hablar, lo intuyo, tiene cosas importantes que decir y me las quiere decir a mí, yo también querría que me las dijera.

–Por teléfono no, naturalmente –dijo la voz.

–Por teléfono no, naturalmente –dijo Firmino–, dígame dónde y cuándo.

Al otro lado hubo un silencio.

–¿Mañana por la mañana? –preguntó Firmino–, ¿le parece bien mañana a las nueve?

–De acuerdo –dijo la voz.

–¿Dónde? –preguntó Firmino.

–En San Lázaro –dijo la voz.

–¿Eso qué es? –preguntó Firmino–, no soy de Oporto.

–Es un parque público –respondió la voz.

–¿Cómo le reconoceré? –preguntó Firmino.

–Ya le reconoceré yo a usted, escoja un banco solitario y póngase su periódico sobre las rodillas, si hay alguien con usted no me detendré.

Y el teléfono hizo clic.

10

En el césped que se extendía frente a él había un señor con el pelo blanco ataviado con un chándal que hacía ejercicios de gimnasia. De vez en cuando emprendía una tímida carrerilla alzando apenas los pies del suelo y después volvía sobre sus pasos, junto a un doberman tumbado que le recibía alegremente cada vez que volvía. El hombre parecía muy satisfecho, como si estuviera haciendo la cosa más importante del mundo.

Firmino miró el periódico que tenía bien desplegado sobre las rodillas. Era el *Acontecimento,* con los grandes titulares de la edición especial. Firmino dobló aquella parte del periódico y dejó a la vista sólo la cabecera. Sacó un caramelo del bolsillo y esperó. A aquellas horas no tenía ningunas ganas de fumar, pero, quién sabe por qué, encendió un cigarrillo. Frente a él pasaron una anciana con la bolsa de la compra y un niño de la mano de su madre. Él miraba tranquilamente al señor que hacía ejercicios gimnásticos. E intentó conservar su tranquilidad cuando un joven se sentó en el extremo opuesto del banco. Firmino le miró de reojo. Era un chico de unos veinticinco años, llevaba un mono azul de obrero y miraba tranquilamente hacia adelante. El joven encendió un cigarrillo, Firmino aplastó el suyo en el suelo.

–Él quería jugársela –murmuró el chico–, pero fueron ellos quienes se la jugaron.

El chico no dijo nada más y Firmino permaneció en silencio. Fue un silencio que le pareció interminable. El caballero con el pelo blanco que hacía ejercicios gimnásticos pasó por delante de ellos con su carrerilla gallarda.

–¿Cuándo fue? –preguntó Firmino.

–Hace seis días –dijo el jovencito–, de noche.

–Acérquese –dijo Firmino–, no le oigo bien.

El joven se acercó deslizándose por el banco.

–Intente contármelo con lógica –le rogó Firmino–, sobre todo la sucesión de los hechos, tenga en cuenta que yo no sé absolutamente nada, si no, no podré entenderlo.

En el césped que estaba delante de ellos el señor con el pelo blanco empezaba otra vez a hacer ejercicios gimnásticos. El joven seguía en silencio y encendió otro cigarrillo. Firmino cogió otro caramelo.

–Todo fue por el guardián nocturno –barbotó el chico–, porque estaba de acuerdo con el Grillo Verde.

–Por favor –repitió Firmino–, con lógica, intente contármelo con lógica.

104

El chico, mirando fijamente el césped, empezó a hablar, en voz baja.

—En la Stones of Portugal, donde Damasceno trabajaba de mozo, había un guardián nocturno, se murió de repente de un patatús, era él quien recogía la droga de los contenedores y se la proporcionaba al Grillo Verde, y el Grillo Verde la distribuía en el Butterfly, o sea, la Borboleta Nocturna, ésa era la ruta.

—¿Quién es el Grillo Verde? —preguntó Firmino.

—Es un sargento de la Guardia Nacional —respondió el chico.

—¿Y la Borboleta Nocturna?

—Puccini's Butterfly, es una discoteca de la costa, el local es suyo, pero lo ha puesto a nombre de su cuñada, el Grillo Verde es muy listo, desde allí sale la droga con la que se trafica en todas las playas de Oporto.

—Continúa —dijo Firmino.

—El guardián nocturno se había puesto de acuerdo con algunos chinos de Hong Kong que introducían la droga en los contenedores del instrumental de alta tecnología. La empresa no sabía nada, sólo lo sabía el guardián nocturno y, naturalmente, el Grillo Verde, que cada mes llevaba a cabo su ronda nocturna para recoger la mercancía. Pero también Damasceno consiguió enterarse del asunto, no sé cómo. Y así, el día que al guardián nocturno le dio un patatús, Damasceno pasó por mi taller y me dijo: No es justo que toda esa maravilla se la lleve la Guardia Nacional, esta noche nos adelantaremos nosotros, total, el Grillo Verde no pasará hasta mañana, mañana es su día. Yo le dije: Damasceno, tú estás loco, no se puede hacer una cosa así a esa gente, después se vengan, conmigo no cuentes, olvídame. Pasó por mi casa hacia las once de la noche. No tenía coche y me pidió que le acompañara con el mío, se contentaba con eso, con que le acompañara, y si no quería cruzar la verja, qué se le iba a hacer, lo haría todo solo. Y apeló a nuestra amistad. Así que le llevé hasta allí. Cuando llegamos me preguntó si de verdad le iba a dejar hacerlo solo. Yo le seguí. Entró como Pedro por su casa, como si nada. Tenía las llaves de la oficina, encendió las luces y todo. Miró en los cajones para buscar el código de los contenedores. Cada contenedor tiene una cerradura codificada. Resultó facilísimo, Damasceno fue a abrir la puerta del contenedor, era evidente que sabía perfectamente dónde estaba la mercancía, porque volvió a los cinco minutos. Llevaba tres grandes bolsas de plástico llenas de polvo, creo que era heroína pura. Y también dos pequeños aparatos electrónicos. Ya que estamos en ello nos los llevamos también, dijo, se los venderemos a una clínica privada de Estoril que los necesita. En aquel momento oímos el ruido de un automóvil.

El señor con el pelo blanco que hacía ejercicios gimnásticos se había encontrado con una persona, una señora con el pelo corto que le había saludado con familiaridad. Y juntos habían cruzado el césped y habían llegado hasta el borde del sendero, justo delante del banco. La madura señora del pelo corto estaba diciendo que ni por asomo hubiera esperado encontrarle haciendo gimnasia en el parque, y el señor con el pelo blanco respondía que dirigir un banco como el suyo era un trabajo con un pésimo efecto para la artrosis cervical. El chico había dejado de hablar y miraba al suelo.

–Continúa –dijo Firmino.

–Aquí hay demasiada gente –respondió el chico.

–Cambiemos de banco –propuso Firmino.

–Tengo que marcharme –insistió el chico.

–Procura concluir rápidamente, por lo menos –le incitó Firmino.

El chico empezó a hablar en voz baja y algunas cosas Firmino las entendía, otras no. Consiguió comprender que, al oír el coche, se había metido en un ropero. Que era una patrulla de la Guardia Nacional al mando del llamado Grillo Verde. Y el Grillo Verde había cogido a Damasceno por el cuello y le había dado tres o cuatro bofetadas, ordenándole que fuera con ellos, y Damasceno se había negado y les había respondido que iba a acabar con el pastel, porque declararía que era un traficante, y en ese momento los dos agentes de la patrulla le habían empezado a dar puñetazos, lo habían metido en el coche y se habían marchado.

–Me voy –dijo el chico nerviosamente–, ahora sí que tengo que irme.

—Espera un momento, por favor –dijo Firmino.

El chico se detuvo.

—¿Estás dispuesto a declarar? –preguntó con cautela Firmino.

El chico reflexionó.

—Me gustaría –respondió–, pero ¿quién me defiende a mí?

—Un abogado –contestó Firmino–, tenemos un buen abogado.

Y para resultar más convincente, continuó:

—Y toda la prensa portuguesa, confía en la prensa.

El chico, por vez primera, le miró. Tenía dos profundos ojos oscuros y una expresión inofensiva.

—Déjame un número donde localizarte –pidió Firmino.

—Llame al taller electromecánico de Faísca –dijo el chico–, pregunte por Leonel.

—Leonel ¿qué? –preguntó Firmino.

—Leonel Torres –contestó el chico–, pero si le he dicho estas cosas es porque quería aliviar mi conciencia, porque yo sé que ellos lo asesinaron, usted por el momento no las escriba, después tal vez nos pongamos de acuerdo.

Le dio los buenos días y se marchó. Firmino le vio alejarse. Era bajito, con un tronco demasiado largo sobre unas piernas demasiado cortas. Quién sabe por qué, le vino a la mente otro Torres. Pero a ése no había llegado a conocerle, sólo le había visto en algunas imágenes antiguas en la televisión. Era un Torres larguirucho, que había sido el ídolo de su padre, aquel Torres que jugaba de delantero centro en el Benfica de los años sesenta. No sabía jugar, decía su padre, pero le bastaba con levantar la cabeza para que, plaf, la pelota se colara en la portería como por milagro.

11

Eran las doce y cuarto. Firmino pensó que era mejor así, no quería mostrar una puntualidad excesiva. Iba bajando por Rua das Flores. Era una calle bonita, elegante y popular a la vez. El tono popular se lo daban los alféizares con geranios en flor, que quizás fueran el origen de su nombre, y la elegancia, las tiendas de joyeros con riquísimos escaparates. Firmino se había olvidado de coger su guía, lo que en el fondo lamentaba. Qué se le iba a hacer, ya la leería después. El portal era majestuoso, pero estaba claro que había conocido tiempos mejores, un portal de encina claveteado, que tal vez se remontara al siglo XVIII. Estaba abierto de par en par, para dejar paso a los automóviles, porque al fondo, en el patio, había sitio para aparcar. Buscó alguna placa con el nombre del abogado Mello de Sequeira, pero no la encontró. Entró en el vestíbulo con perplejidad. Había una portera. Estaba haciendo punto sentada en una garita de cristal. Era una portera de esas que se pueden encontrar en Oporto, y quizás todavía en París, pero sólo en algunos barrios. Gorda, con un seno opulento, tenía una mirada inquisitiva, vestía no sin cierta elegancia y calzaba unas zapatillas con pompón.

–Estoy buscando al abogado Mello de Sequeira –dijo Firmino.

–¿Es usted el periodista? –preguntó la portera.

Firmino se lo confirmó.

–El abogado le está esperando, planta baja, hay cuatro puertas, llame a la que quiera, todas son suyas –dijo la portera.

Firmino entró en los pasillos de aquel viejo edificio y llamó a la primera puerta. En el pasillo no había luz, la puerta se abrió con un chasquido, Firmino entró y la cerró tras de sí. Se encontró en una sala enorme, con los techos abovedados, medio en penumbra. La habitación estaba forrada de libros. Pero también el suelo estaba repleto de libros, pilas de libros en precario equilibrio, paquetes de periódicos y papeles diversos. Firmino intentó que sus ojos se acostumbraran a la penumbra. Al otro lado de la habitación, hundido en un sofá, había un hombre. Firmino dijo: «Buenos días» y avanzó hacia él. Era un hombre gordo, obeso más bien, con su corpulencia ocupaba medio sofá, así a primera vista aparentaba unos sesenta años, tal vez más, estaba calvo, tenía un rostro fofo, las mejillas caídas y los labios carnosos. Mantenía la cabeza echada hacia atrás, mirando fijamente al techo. Verdaderamente se parecía a Charles Laughton.

—Encantado —dijo Firmino—, soy el periodista de Lisboa.

El obeso le indicó con un gesto distraído un sillón y Firmino se sentó. Junto al hombre, sobre el sofá, estaba la última edición del *Acontecimento*.

—¿Es usted el autor de este texto? —preguntó con voz neutra.

—Sí —respondió no sin incomodidad Firmino—, pero ése no es exactamente mi estilo, tengo que adecuarme al estilo de mi periódico.

—¿Puedo preguntarle cuál es su estilo? —preguntó con el mismo tono neutro el obeso.

—Intento tener uno propio —respondió con más incomodidad aún Firmino—, pero, como usted sabrá, el estilo nos viene también de la lectura de los libros ajenos.

—¿Qué tipo de lecturas, por ejemplo?, si me es lícito preguntárselo —dijo el obeso.

Firmino no supo qué decir. Después contestó:

—Lukács, por ejemplo György Lukács.

El obeso tosió un par de veces. Separó los ojos del techo y lo miró por fin.

—Interesante —replicó—, ¿es que Lukács tiene un estilo?

—Bueno —dijo Firmino—, yo creo que sí, por lo menos a su manera.

—¿Y cuál sería? —preguntó siempre con el mismo tono neutro el obeso.

—El del materialismo dialéctico —respondió precipitadamente Firmino—, llamémosle ensayístico.

El obeso volvió a toser y a Firmino le pareció como si esos golpecitos de tos fueran una especie de risita sofocada.

—Así que, según usted, el materialismo dialéctico es un estilo —continuó impasible el obeso.

Firmino se sentía cada vez más incómodo. Y sintió también cierta irritación. Aquel obeso abogado, desconocido para él, que lo estaba interrogando sobre el estilo como si fuera un examen universitario, era inconcebible.

—Lo que quiero decir —puntualizó— es que la metodología de Lukács me es útil para los estudios de los que me ocupo, un ensayo que quiero escribir.

—¿Ha leído *Historia y conciencia de clase*? —preguntó el obeso.

—Naturalmente —respondió Firmino—, es un texto fundamental.

—Es una obra del año veintitrés —comentó el obeso—, ¿sabe usted lo que estaba ocurriendo en Europa en aquellos años?

—Más o menos —atajó Firmino.

—El Círculo de Viena —murmuró el obeso—, Carnap, los fundamentos de la lógica formal, la imposibilidad de una no contradicción dentro de un sistema, bagatelas de este tipo. Y en lo que se refiere al estilo de Lukács, dado que usted se ocupa de estilo, mejor ni hablar, ¿no cree usted?, a mí me parece el estilo de un campesino húngaro familiarizado con los caballos de la Puszta.

Firmino hubiera querido rebatir que no estaba allí para hablar de estilo, pero no lo hizo.

—A mí me es útil para estudiar el neorrealismo portugués —precisó Firmino.

—Oh —bostezó el obeso—, el neorrealismo portugués, buena falta hacía que alguien estudiara su estilo.

—No el primer neorrealismo —precisó de nuevo Firmino—, no el de los años cuarenta, a mí me interesa el segundo, el de los años cincuenta, tras el paso tardío del surrealismo, lo defino neorrealismo por convención, pero naturalmente es otra cosa.

—Eso ya me parece más interesante —murmuró el obeso—, me parece más interesante, pero como instrumento de indagación no elegiría precisamente a Lukács.

El obeso lo miró fijamente y le tendió una caja de madera. Le preguntó si quería un cigarro y Firmino lo rechazó. El obeso encendió un cigarro enorme. Parecía un habano y tenía un fuerte aroma. En silencio, se puso a fumar tranquilamente. Firmino miró a su alrededor con aire perdido observando aquella sala enorme rebosante de libros, libros por todas partes, en las paredes, sobre las sillas, en el suelo, paquetes de periódicos y de papeles.

—No vaya a creer que está metido en una situación kafkiana —dijo el obeso, como si le leyera el pensamiento—, usted habrá leído seguramente a Kafka y habrá visto *El proceso,* con Orson Welles, yo no soy Orson Welles, aunque este antro esté repleto de papelajos, aunque sea obeso y fume un cigarro enorme, no se equivoque de personaje cinematográfico, en Oporto me llaman Loton.

–Eso me han dicho –respondió Firmino.

–Vayamos a las cosas prácticas –dijo el obeso–, dígame exactamente qué desea de mí.

–Creía que Dona Rosa ya se lo había dicho todo –objetó Firmino.

–En parte –murmuró el obeso.

–Bueno –dijo Firmino–, el asunto es el que ha leído en mi periódico, aunque no esté escrito con el estilo que más le gusta a usted, y mi periódico querría hacerle una propuesta; la familia de Damasceno Monteiro no tiene dinero para pagarse un abogado, pero mi periódico se ofrece a ello, necesitamos un abogado y hemos pensado en usted.

–Pues no sé –farfulló el obeso–, el caso es que me estoy encargando de Angela, supongo que habrá oído hablar de ella, ha salido en las páginas de sucesos.

Firmino lo miró con aire perplejo y confesó:

–No, francamente, no.

–La prostituta que ha sido torturada casi hasta la muerte –dijo el obeso–, el asunto que está en los periódicos de Oporto, yo la represento. Es una lástima que usted, que es de la prensa, siga tan poco los periódicos; Angela es una prostituta de Oporto, se pusieron en contacto con ella para una velada «divertida» fuera de la capital, la acompañó allí su proxeneta, la llevaron a una villa cerca de Guimaráes donde había un jovenzuelo de buena familia que

116

hizo que dos sicarios la ataran para infligirle toda clase de violencias físicas, porque era un capricho que se quería dar, pero no sabía con quién hacerlo, de modo que lo hizo con Angela, total, no era más que una puta.

—Es horrible —dijo Firmino—, ¿y usted la representa?

—Pues sí —confirmó el abogado—, ¿y sabe por qué?

—No lo sé —respondió Firmino—, por afán de justicia, diría yo.

—Llamémoslo así —murmuró el obeso—, aunque también podría ser una definición. Sepa sólo que el sádico es un niñato, hijo de un cacique de provincias que viene de la nada y que se ha enriquecido con los últimos gobiernos, es la peor burguesía que ha surgido en Portugal en los últimos veinte años: dinero, incultura y mucha arrogancia. Es gente terrible, con la que hay que arreglar cuentas. La familia a la que yo pertenezco ha explotado durante siglos a mujeres como Angela y de alguna manera las han violado, quizás no del modo en que lo ha hecho nuestro jovenzuelo, digamos que de manera más elegante. Podríamos suponer, si a usted le parece, que la mía es una especie de corrección tardía de la historia, una paradójica inversión de la conciencia de clase, no según los mecanismos primarios de su Lukács, digamos que a otro nivel, pero éstas son cosas mías que prefiero no explicarle.

—Quisiéramos invitarle a que asumiera el papel de abogado de la acusación particular —recapituló Firmino—, si conseguimos ponernos de acuerdo sobre sus honorarios.

El obeso dio esos golpecitos de tos que parecían risitas. Sacudió la ceniza del cigarro en el cenicero. Parecía divertido. Hizo un gesto vago indicando la habitación.

–Este edificio me pertenece –dijo–, pertenecía a mi familia, y la calle adyacente también me pertenece, pertenecía a mi familia. No tengo descendencia, mientras me dure el patrimonio, puedo divertirme.

–¿Y este caso le divierte? –preguntó Firmino.

–No es exactamente eso lo que quería decir –respondió sosegadamente el abogado–, pero quisiera que fuera usted más preciso acerca de los elementos que poseen.

–Tengo un testigo –dijo Firmino–, nos hemos visto esta mañana en un parque público.

–¿Estaría dispuesto su informador a presentarse ante el juez? –preguntó el abogado.

–Si usted se lo pide, creo que sí –respondió Firmino.

–Vaya al grano –dijo el abogado.

–Parece ser que a Damasceno Monteiro lo mataron en la comisaría de la Guardia Nacional –soltó Firmino.

–Guardia Nacional –murmuró el abogado. Dio una bocanada del cigarro y rió–: Pero entonces se trata de una Grundnorm.

Firmino lo miró con aire desorientado, y el abogado le leyó en el rostro la desorientación.

–No puedo pretender que sepa usted lo que es una Grundnorm –continuó el abogado–, soy consciente de que a veces nosotros, los hombres de leyes, hablamos en clave.

–Explíquemelo entonces usted –adujo Firmino–, yo estudié en la Facultad de Filosofía y Letras.

–¿Le suena a usted Hans Kelsen? –preguntó en voz baja el abogado, como si se hablara a sí mismo.

–Hans Kelsen –respondió Firmino intentando hurgar entre sus escasos conocimientos jurídicos–, me parece que he oído hablar de él, es un filósofo del Derecho, creo, pero seguro que usted puede explicármelo mejor.

El abogado emitió un suspiro tan profundo que a Firmino le pareció oír el eco.

–Berkeley, California, mil novecientos cincuenta y dos –dijo–. Tal vez no pueda usted imaginarse lo que significaba California en aquella época para un joven que venía de la aristocracia de una ciudad de provincias como Oporto y de un país opresivo como Portugal; en una palabra, podría decirle que era la libertad. No esa libertad estereotipada que se ve retratada en ciertas películas americanas de entonces, también en América había una censura tremenda en aquella época, sino una libertad auténtica, interior, absoluta. Fíjese, yo tenía una novia y hasta jugábamos al *squash,* juego que entonces era absolutamente desconocido en Europa, vivía en una casa de madera frente al océano, al sur de Berkeley, que pertenecía a mis primos segundos americanos, mi familia tiene por parte materna una ramificación americana. Usted se preguntará por qué fui a la Universidad de Berkeley. Porque mi familia era rica, eso es indiscutible, pero sobre todo porque yo quería estudiar las razones que han inducido a los hombres a elaborar los códigos. No los códigos como los estudiaban mis coetáneos, que después se convirtieron en abogados de renombre, sino sus razones soterradas, en un sentido abstracto quizás, no sé si me explico, y si no me explico, qué se le va a hacer.

El obeso hizo una pausa y dio otra bocanada a su cigarro. Firmino se dio cuenta de que en la enorme habitación reinaba un ambiente cargado.

–Bien –continuó–, yo, con mis conocimientos de estudiante de Oporto, había concentrado mi atención en aquel hombre, Hans Kelsen, nacido en Praga en mil ochocientos ochenta y uno, judío centroeuropeo; en los años veinte había escrito un ensayo titulado *Hauptprobleme der Staatsrechtslehre,* que yo había leído de estudiante, porque yo soy de lengua alemana, sabe usted, mis institutrices eran alemanas, es prácticamente mi lengua materna. Así que me matriculé en uno de sus cursos de la Universidad de Berkeley. Era un hombre alto y enjuto, calvo y torpón, a primera vista nadie hubiera dicho que fuese un gran filósofo del Derecho, se le habría tomado por un funcionario del Estado. Había huido primero de Viena y después también tuvo que huir de Colonia, a causa del nazismo. Había enseñado en Suiza y después se había trasladado a los Estados Unidos. Yo lo seguí de inmediato a los Estados Unidos. Al año siguiente se trasladó de nuevo a la Universidad de Ginebra, y yo lo seguí hasta Ginebra. Sus teorías acerca de la Grundnorm se habían convertido en una obsesión para mí.

El abogado guardó silencio, apagó el cigarro, dio otra bocanada como si le faltara el oxígeno.

–Grundnorm –repitió–, ¿capta el concepto?

–Norma Básica –dijo Firmino intentando servirse del poco alemán que sabía.

–Sí, naturalmente, norma básica –precisó el obeso–, sólo que para Kelsen está situada en el vértice de la pirámide, es una norma básica invertida, está en la cima de su teoría de la justicia, a la que él definía como Stufenbau Theorie, teoría de la construcción piramidal.

El abogado hizo una pausa. Suspiró de nuevo, pero esta vez débilmente.

–Es una proposición normativa –continuó–, está en el vértice de la pirámide de lo que llamamos Derecho, pero es el fruto de la imaginación del estudioso, una pura hipótesis.

Firmino no fue capaz de comprender si su expresión era pedagógica, meditabunda o simplemente melancólica.

–Si usted quiere, es una hipótesis metafísica –dijo el abogado–, absolutamente metafísica. Y si usted quiere, se trata de un asunto auténticamente kafkiano, es la Norma que nos enreda a todos y de la cual, aunque le pueda parecer incongruente, se deriva la prepotencia de un señorito que se cree con derecho a azotar a una puta. Las vías de la Grundnorm son infinitas.

–El testigo con el que he hablado esta mañana –dijo Firmino, cambiando de tema– está seguro de que Damasceno fue asesinado por la Guardia Nacional.

El abogado esbozó una sonrisa cansada y miró el reloj.

–Bueno –dijo–, la Guardia Nacional es una institución militar, se trata precisamente de una perfecta encarnación de la Grundnorm, la cosa empieza a interesarme, sobre todo porque tal vez no sepa usted la cantidad de personas que han sido asesinadas o torturadas en nuestras simpáticas comisarías en los últimos tiempos.

–Lo sé tan bien como usted –le hizo notar Firmino–, los últimos cuatro casos han sido seguidos de cerca por mi periódico.

–Ya, ya –murmuró el abogado–, y todos los responsables absueltos, todos siguen tranquilamente de servicio, la cosa empieza a interesarme de verdad, en fin, ¿qué le parece si nos vamos a comer?, es la una y media y empiezo a sentir apetito, hay un restaurante de mi confianza aquí al lado. A propósito, ¿le gustan los callos?

–Moderadamente –contestó preocupado Firmino.

12

–Por desgracia a este jovencito no le gustan los callos –dijo el abogado dirigiéndose al propietario–, preséntale las especialidades de la casa, Manuel.

El propietario puso los brazos en jarras y miró de soslayo a Firmino, quien inclinó la cabeza porque experimentó un sentimiento de culpabilidad.

–Don Fernando –respondió tranquilamente el propietario–, si no consigo que su invitado quede satisfecho me comprometo a invitarles a la comida. ¿Es extranjero?

–Casi –respondió el abogado–, pero se está habituando a las costumbres de esta ciudad.

–Podría recomendarle nuestro arroz con alubias y sardinas fritas –propuso el propietario–, o bien el tronco de bacalao al horno.

Firmino miró al hombretón con aire perdido, como si quisiera dar a entender que cualquier plato le parecía bien.

–Tráenos las dos cosas –decidió el abogado–, así picamos de ambas. Y para mí los callos, naturalmente.

El restaurante, que en verdad no era tal restaurante, sino más bien una bodega repleta de toneles, se encontraba al final de un callejón junto a Rua das Flores, y aparentemente no tenía nombre. Firmino se había fijado en que sobre la puerta había una especie de cartel de madera pintada ingenuamente que decía: «Ésta es la cantina del ojo».

–Cómo cree que deberíamos actuar? –preguntó Firmino.

–¿Cómo se llama el testigo? –preguntó el abogado.

–Se llama Torres, es mecánico electricista en el taller Faísca.

–Esta tarde pasaré a buscarlo y lo llevaré conmigo ante el juez instructor –dijo el abogado.

–¿Y si Torres no quisiera declarar? –objetó Firmino.

–Ya le he dicho que lo llevaré conmigo al juez instructor –respondió plácidamente el abogado.

Vertió vino verde en un vaso y levantó el suyo en señal de brindis.

–Es un Alvarinho que no se comercializa –dijo–, no se encuentra por ahí, pero es sólo como aperitivo, luego beberemos vino tinto.

–Yo no estoy muy acostumbrado al vino –se excusó Firmino.

–Nunca es tarde para acostumbrarse –respondió el abogado.

En ese momento apareció el propietario con unas bandejas y se dirigió al abogado como si Firmino no existiera.

–Aquí está, Don Fernando –exclamó con satisfacción–, y si a su invitado no le gusta, esta comida la pago yo, como ya he dicho, pero luego lo mejor será que el señor abandone esta ciudad.

El arroz con alubias, bañado en una salsa marrón, tenía un aspecto repugnante. Firmino cogió un par de sardinas fritas y se sirvió una loncha del tronco de bacalao. El abogado lo miró con sus ojitos inquisitivos.

–Coma, joven –dijo–, hay que reponer fuerzas, va a ser un asunto largo y complicado.

–¿Y yo qué debo hacer a partir de ahora? –preguntó Firmino.

–Usted mañana va a buscar a Torres y le hace una buena entrevista –dijo el abogado–, lo más larga y detallada posible, y la publica en su periódico.

–¿Y si Torres no quiere? –preguntó Firmino.

–Claro que querrá –respondió el abogado tranquilamente–, no tiene elección, el porqué es simple y Torres lo cogerá al vuelo, creo que no es ningún estúpido.

El abogado se limpió con la servilleta la salsa de los callos que se le deslizaba por la barbilla y, como si explicara algo elemental, continuó con tono despegado:

–Porque Torres es un hombre quemado –dijo–, esta tarde prestará declaración ante el magistrado, bajo mi vigilancia, eso se lo puedo asegurar, aunque, ¿sabe?, un auto que se queda en manos de los instructores es una mina flotante, no hay que fiarse demasiado, ese auto podría llegar al conocimiento de alguien al que no le gustara, imagínese usted, con tantos accidentes de tráfico que suceden en nuestros días. A propósito, ¿sabía usted que Portugal está a la cabeza de Europa en las estadísticas de accidentes de tráfico?, parece que los portugueses son unos irresponsables al volante.

Firmino le miró con la perplejidad que continuaba causándole el abogado.

–Y la entrevista en mi periódico ¿para qué le sirve? –preguntó.

El abogado tragó con voluptuosidad una porción de callos. A pesar de que estaban cortados en pequeños pedazos, se los comía intentando enroscarlos inútilmente con el tenedor.

–Querido mío –suspiró–, usted me sorprende: no ha dejado usted de sorprenderme desde el primer momento, escribe en un periódico de gran difusión y parece no saber lo que es la opinión pública, es reprobable, intente seguirme un momento: si Torres, después de haber hecho su declaración ante las autoridades judiciales, se reafirma en su periódico, puede sentirse tranquilo porque tendrá consigo a toda la opinión pública, y un conductor distraído, por ejemplo, se lo pensaría dos veces antes de embestir con su coche a una persona que tiene encima la mirada de la opinión pública, ¿capta el concepto?

—Capto el concepto —respondió Firmino.

—Y además —continuó el abogado—, y esto le afecta de lleno como periodista, ¿sabe usted lo que decía Jouhandeau?

Firmino negó con la cabeza. El abogado bebió un vaso de vino y se limpió sus labios carnosos.

—Decía: Dado que el objeto intrínseco de la literatura es el conocimiento del ser humano y dado que no hay lugar en el mundo en que éste pueda estudiarse mejor que en las salas de los tribunales, ¿no sería de desear que entre los jurados hubiera siempre, por disposición legal, un escritor?, su presencia sería para todos una invitación a reflexionar más. Fin de la cita.

El abogado hizo una breve pausa y bebió otro sorbo de vino.

—Pues bien —continuó—, es evidente que usted no se sentará nunca entre los miembros del jurado de un tribunal como hubiera deseado el señor Jouhandeau, es más, ni siquiera estará presente en los interrogatorios que se llevarán a cabo durante la instrucción, porque la ley no se lo permite, y también es verdad que usted, en puridad, no es exactamente un escritor, pero podemos hacer un esfuerzo y considerarlo como tal, dado que escribe en un periódico. Digamos que usted será un jurado virtual, ése será su papel, jurado virtual, ¿capta el concepto?

—Me parece que sí —respondió Firmino.

Y después quiso ser honesto y preguntó:

–Pero ¿quién es ese Jouhandeau?, nunca lo he oído nombrar.

–Marcel Jouhandeau –respondió el abogado–, un irritante teólogo francés a quien le gustaba armar escándalo, fue también un apóstol de la abyección, si se me permite la expresión, y de una especie de perversión metafísica, o mejor, de lo que él creía que era una metafísica. ¿Sabe?, escribía mientras los surrealistas incitaban a la revuelta y después de que Gide hubiera teorizado sobre el delito gratuito. Pero él, naturalmente, no tenía la grandeza de Gide, en el fondo las suyas son teorías baratas, aunque algunas frases sobre la justicia le salieran bordadas.

–Tendríamos que tratar todavía la cuestión fundamental –dijo Firmino–, porque, naturalmente, mi periódico se hace cargo de sus honorarios.

El abogado le miró con sus ojillos inquisitivos.

–¿O sea? –preguntó.

–En el sentido de que será recompensado convenientemente –dijo Firmino.

–¿O sea? –repitió el abogado–, ¿eso qué quiere decir en términos numéricos?

Firmino se sintió levemente incómodo.

–No sabría decírselo –respondió–, eso podrá precisárselo mi director.

–Hay una casa en Rua do Ferraz –dijo sin lógica aparente el abogado– donde pasé mi infancia, justo sobre la

Rua das Flores, es un palacete del siglo dieciocho, en él vivía mi abuela, la marquesa.

Suspiró con nostalgia.

–¿Dónde pasó usted su infancia, en qué tipo de casa? –preguntó después.

–En la costa de Cascais –respondió Firmino–, mi padre estaba en la Guardia de Costas y usufructuaba una casa junto al mar, mis hermanos y yo pasamos en ella prácticamente toda la infancia.

–Oh, sí –dijo el abogado–, la costa de Cascais, esa luz blanquísima del mediodía que se tiñe de rosa en el crepúsculo, el azul del océano, las pinedas del Guincho..., en cambio, mis recuerdos son los de un edificio tétrico, con una abuela impasible que tomaba el té y que cada día usaba una cinta distinta alrededor de su rugoso cuello, pero siempre de seda negra, a veces simple, otras veces con un ligero borde de encaje. Jamás me tocó, en ocasiones me rozaba apenas la mano con su mano fría y me decía que la única cosa que tenía que aprender un niño de aquella familia era a respetar a los antepasados. Yo miraba a aquellos que ella llamaba los antepasados. Eran antiguos retratos al óleo de hombres altivos, con un gesto de desprecio en el rostro y los labios carnosos como estos míos; me los dejaron en herencia.

Probó un bocado de bacalao y dijo:

–A mí me parece que este plato está divino, dígame, ¿a usted qué le parece?

—Me gusta —respondió Firmino—, pero me estaba hablando de su infancia.

—Bien —continuó el abogado—, esa casa está abandonada, con todos aquellos recuerdos de la señora marquesa que, a su manera, me hizo de abuela: sus retratos, sus muebles, sus cubrecamas de Castelo Branco y sus árboles genealógicos. Digamos que mi infancia está allí encerrada como en un cofre. Hace algunos años todavía iba para consultar los archivos de la familia, pero no sé si ha visto la Rua do Ferraz, para subir por ella sería conveniente un teleférico, con mi mole no consigo llegar hasta allí, tendría que llamar a un taxi para recorrer quinientos metros, por eso hace siete años que no pongo el pie en ella. De modo que he decidido venderla, se lo he encomendado a una agencia, está bien eso de que las agencias devoren las infancias, es la manera más aséptica de liberarse de ellas, y usted no sabe cuántos burgueses adinerados, de esos que han hecho fortuna en estos últimos años con las subvenciones de la Comunidad Europea, querrían esa casa. ¿Sabe?, es un lugar que según su mentalidad les proporcionaría el estatus social que buscan desesperadamente, hacerse una villa moderna con piscina en las zonas residenciales está a su alcance, pero un palacete del siglo dieciocho está muchos escalones más arriba, ¿capta el concepto?

—Capto el concepto —asintió Firmino.

—Así que he decidido venderla —dijo el abogado—. El

pretendiente más ansioso procede de provincias. Es un típico representante de la sociedad en que hoy vivimos. Su padre era un pequeño ganadero. Él empezó con una modesta empresa de calzado bajo el salazarismo. En realidad, fabricaba sobre todo zapatos forrados de tela encerada, con un par de obreros. Después, en el setenta y cuatro, llegó la revolución y él se alineó con las ideas cooperativistas, incluso realizó una entrevista casi revolucionaria en un periódico exaltado. Y después, tras las ilusiones revolucionarias, llegó el neoliberalismo desenfrenado y él se alineó como debía. En resumen, es alguien que ha sabido navegar. Posee cuatro Mercedes y un campo de golf en el Algarve, creo que tiene intereses inmobiliarios en el Alentejo, quién sabe si no los tendrá también en la Península de Tróia, es uno que se entiende bien con todos los partidos del arco constitucional, desde los comunistas hasta la derecha, y naturalmente su fábrica de zapatos va viento en popa, exporta sobre todo a Estados Unidos. Usted qué dice, ¿hago bien en vendérsela?

—¿La casa? –preguntó Firmino.

—Pues claro, la casa –respondió el abogado–. Quizás se la venda. Hace algunos días vino a hablarme su mujer, que creo que es la única alfabetizada de la familia. Le ahorro la descripción de aquella señora tan maquillada. Pero subí el precio, porque dije que vendía la casa con los muebles antiguos y con los cuadros nobles, y le pregunté: ¿Qué puede hacer una familia como la suya, gentil señora, con una casa como ésta sin los muebles antiguos y los cuadros nobles? Usted qué dice, jovencito, ¿he obrado bien?

–En mi opinión ha hecho usted muy bien –respondió Firmino–, ya que le importa mi opinión, puedo decirle que ha hecho usted muy bien.

–Pues, entonces –concluyó el abogado–, puede decirle a su director que los gastos por Damasceno Monteiro están ampliamente pagados con dos cuadros del siglo dieciocho de mi casa de Rua do Ferraz, y que no me venga con proposiciones sobre mis honorarios, por favor.

Firmino no replicó y siguió comiendo. Había probado tímidamente el arroz con alubias y lo había encontrado exquisito, por eso había tomado otra ración. Quería decir algo, pero no sabía cómo decirlo. Al final intentó formularlo.

–Mi periódico –balbuceó–, bueno, mi periódico es el que es, quiero decir, usted sabe muy bien cuál es su estilo, el estilo con el que tenemos que ganarnos a nuestros lectores, es decir, es un periódico popular, valiente quizás, pero es un periódico popular, hace las concesiones que tiene que hacer, en fin, para vender más ejemplares, no sé si me explico.

El abogado estaba ocupado con la comida y no dijo nada. Ahora estaba completamente absorto comiendo el bacalao.

–No sé si capta el concepto –dijo Firmino recurriendo a la fórmula del abogado.

132

–No, no capto el concepto –respondió el abogado.

–En fin –continuó Firmino–, quiero decir que mi periódico es el periódico que usted conoce, y usted, pues bueno, usted es un abogado importante, tiene el apellido que tiene, o sea, lo que quiero decir es que tiene usted una reputación que defender, no sé si me explico.

–Usted continúa defraudándome, jovencito –replicó el abogado–, se empeña por todos los medios en ser inferior a sí mismo, nunca debemos ser inferiores a nosotros mismos, ¿qué es lo que ha dicho de mí?

–Que tiene una reputación que defender –respondió Firmino.

–Escuche –murmuró el abogado–, me parece que no nos hemos entendido, le diré algo de una vez por todas, pero abra bien las orejas. Yo defiendo a los desgraciados porque soy como ellos, ésa es la pura y simple verdad. De mi ilustre estirpe utilizo sólo el patrimonio material que me han dejado, pero, como los desgraciados a los que defiendo, creo haber conocido las miserias de la vida, haberlas comprendido e incluso asumido, porque para comprender las miserias de esta vida es necesario meter las manos en la mierda, perdóneme la palabra, y sobre todo ser consciente de ello. Y no me obligue a ponerme retórico, porque ésta es retórica barata.

–Pero usted ¿en qué cree? –preguntó con ímpetu Firmino.

No sabría decir por qué hizo aquella ingenua pregunta

en aquel momento, y justo mientras la formulaba le pareció una de esas preguntas que se hacen en la escuela al compañero de pupitre y que hacen sonrojar al que la hace y a quien la recibe. El abogado levantó la cabeza del plato y lo miró con sus ojillos inquisitivos.

—¿Me está haciendo una pregunta personal? —preguntó con explícito fastidio.

—Digamos que es una pregunta personal —respondió Firmino con coraje.

—¿Y por qué me hace esa pregunta? —insistió el abogado.

—Porque usted no cree en nada —afirmó Firmino—, tengo la impresión de que usted no cree en nada.

El abogado sonrió. A Firmino le pareció que se sentía incómodo.

—Podría creer, por ejemplo, en algo que a usted pudiera parecerle insignificante —respondió.

—Explíqueme, por ejemplo —insistió Firmino—, algo que pueda ser convincente.

Ahora que ya estaba metido en aquel lío, quería desempeñar su papel.

—Por ejemplo, una poesía —respondió el abogado—, pocos versos, podría parecer una tontería, pero también pudiera ser algo fundamental, por ejemplo: Todo lo que he conocido / tú me lo escribirás para recordármelo, / con cartas, / y yo también lo haré, / te diré todo tu pasado.

El abogado calló. Había apartado el plato y estrujaba en su mano la servilleta.

–Hölderlin –continuó–, es un poema titulado *Wenn aus der Ferne,* es decir, «Si desde la lejanía», es uno de los últimos. Digamos que hay personas que esperan cartas desde el pasado, ¿le parece algo plausible en lo que creer?

–Tal vez –respondió Firmino– pudiera ser algo plausible, aunque me gustaría entenderlo mejor.

–Es simple –murmuró el abogado–, cartas del pasado que nos expliquen un tiempo de nuestra vida que nunca entendimos, que nos den una explicación cualquiera que nos haga aprehender el significado de tantos años transcurridos, de aquello que entonces se nos escapó, usted es joven, usted espera cartas del futuro, pero suponga que existan personas que esperen cartas del pasado, y que quizás soy de esas personas y que incluso me aventuro a imaginar que un día me llegarán.

Hizo una pausa, encendió uno de sus cigarros y preguntó:

–¿Y sabe cómo me imagino que me llegarán?, haga un esfuerzo.

–No tengo ni la menor idea –respondió Firmino.

–Pues bien –dijo el abogado–, en un paquetito atado con una cinta rosa, justamente así, y perfumado de violetas, como en las peores novelas de folletín. Y ese día yo acercaré esta horrible narizota mía al paquetito, desharé el lazo rosa, abriré las cartas y comprenderé con claridad meridiana una historia que nunca antes pude comprender, una historia única y fundamental, repito, única y fundamental, algo que puede sucedernos sólo una vez en la vida, que los dioses conceden que suceda una sola vez en nuestra vida y a lo cual no prestamos la debida atención en su momento precisamente porque éramos unos idiotas presuntuosos.

Hizo otra pausa, esta vez más larga. Firmino lo miraba en silencio, observaba sus mejillas gruesas y fláccidas, los labios carnosos y casi repugnantes, aquella expresión perdida en sus recuerdos.

–Y, además –continuó el abogado en voz baja–, *que faites-vous des anciennes amours?* Bueno, eso me pregunto yo también, *que faites-vous des anciennes amours?* Es el verso de un poema de Louise Colet que continúa así: *les chassez-vous comme des ombres vaines? Ils ont été, ces fantômes glacés, cœur contre cœur, une part de vous même.* Posiblemente está dedicado a Flaubert. Hay que precisar que Louise Colet escribía unas poesías penosas, la pobrecita, aunque se creyera una gran poetisa y quisiera ascender hasta los salones literarios parisienses, sus versos eran verdaderamente mediocres, sin lugar a dudas. Pero estos pocos versos son una espina en el corazón, me parece, porque ¿qué hemos de hacer con los amores pasados?, ¿los guardamos en un cajón con los calcetines rotos?

Miró a Firmino como si esperara una confirmación, pero Firmino no se pronunció.

–¿Sabe lo que le digo? –continuó el abogado–, que si Flaubert no lo comprendió era un verdadero idiota y, en

136

ese caso, habría que darle la razón a ese presuntuoso de Sartre; pero quizás Flaubert lo comprendió, ¿usted qué opina?, ¿lo comprendió Flaubert o no?

–Tal vez lo comprendiera –respondió Firmino–, así, de repente, no podría asegurárselo, quizás lo comprendiera, aunque no pueda afirmarlo.

–Perdone, joven –dijo el abogado–, usted pretende estudiar la literatura, incluso quiere escribir un ensayo sobre literatura, y me confiesa que no sabe pronunciarse sobre este hecho fundamental, sobre si Flaubert comprendió o no el mensaje cifrado de Louise Colet.

–Pero yo estudio la literatura portuguesa de los años cincuenta –se defendió Firmino–, ¿qué tendrá que ver Flaubert con la literatura portuguesa de los años cincuenta?

–Aparentemente nada –prosiguió el abogado–, pero sólo en apariencia, porque en literatura todo está relacionado con todo. Mire, querido mío, es como una tela de araña, ¿se imagina una telaraña?, pues bien, piense en todas esas complicadas tramas tejidas por la araña, todas esas vías conducen al centro, mirándolas desde su periferia no lo parece, pero todas conducen al centro, le pondré un ejemplo, ¿cómo podría comprender usted *La educación sentimental,* esa novela tan terriblemente pesimista y a la vez tan reaccionaria, porque según los criterios de su Lukács es terriblemente reaccionaria, si no conociera esas novelitas de mal gusto de ese periodo de terrible mal gusto que fue el Segundo Imperio; y a la vez, siguiendo los nexos pertinentes, si ignorara usted la depresión de Flaubert? Porque, ¿sabe?, cuando Flaubert permanecía encerrado en su casa de Croisset espiando al mundo detrás de la ventana, estaba terriblemente deprimido, y todo esto, aunque a usted no se lo parezca, forma una tela de araña, un sistema constituido por conexiones subterráneas, por relaciones astrales, por inaprensibles correspondencias. Si usted quiere estudiar literatura aprenda eso por lo menos, a estudiar las correspondencias.

Firmino lo miró e intentó replicar. Curiosamente sentía de nuevo aquel absurdo sentimiento de culpa que le había provocado el propietario al describirle el menú.

—Intento ocuparme humildemente de la literatura portuguesa de los años cincuenta —replicó—, sin que se me suba a la cabeza.

—De acuerdo —respondió el abogado—, que no se le suba a la cabeza, pero tiene que impregnarse de aquella época. Y para hacerlo quizás tenga que conocer los partes meteorológicos que los periódicos portugueses publicaban en aquellos años, como le enseñará una magnífica novela de uno de nuestros escritores, que consigue describir la censura de la policía política utilizando los partes meteorológicos de los periódicos, ¿sabe a cuál me refiero?

Firmino no respondió e hizo un leve gesto con la cabeza.

—Bien —dijo el abogado—, se lo dejo como apunte para una posible investigación, acuérdese, incluso los partes meteorológicos pueden ser útiles, aunque tomados como una metáfora, como un indicio, sin caer en la sociología de la literatura, ¿me explico?

–Creo que sí –dijo Firmino.

–Sociología de la literatura –repitió con expresión disgustada el abogado–, vivimos tiempos bárbaros.

Hizo ademán de levantarse y Firmino se levantó precipitadamente antes que él.

–Ponlo todo en mi cuenta, Manuel –gritó el abogado al propietario–, a nuestro invitado le ha gustado la comida.

Se dirigieron a la salida. En el umbral el abogado se detuvo.

–Esta noche le haré saber algo sobre la postura de Torres –dijo–, le mandaré un mensaje a la pensión de Dona Rosa. Pero lo importante es que usted lo entreviste mañana mismo y que su periódico saque otra edición especial, ya que sobre esta cabeza cortada están sacando ustedes muchas ediciones especiales, ¿entendido?

–Entendido –respondió Firmino–, cuente conmigo.

Salieron a la luz del mediodía de Oporto. Las calles estaban animadas y el calor era húmedo, con una neblina que desdibujaba la ciudad. El abogado se pasó el pañuelo por la frente y le hizo un rápido gesto de saludo.

–He comido demasiado –farfulló–, como siempre he comido demasiado. A propósito, ¿sabe usted cómo murió Hölderlin?

Firmino lo miró sin conseguir responder. En aquel

momento no conseguía recordar cómo había muerto Hölderlin.

–Murió loco –dijo el abogado–, es algo que hay que
tomar en consideración.

Se alejó tambaleándose con paso incierto sobre su
enorme mole.

13

«Leonel Torres, de veintiséis años, sin antecedentes penales, casado, con un hijo de nueve meses, natural de Braga, residente en Oporto, amigo de Damasceno Monteiro. Estaban juntos la noche del homicidio; ha declarado ya ante los magistrados encargados de la instrucción. Ha aceptado conceder una entrevista en exclusiva a nuestro periódico. Sus afirmaciones abren un nuevo capítulo en la historia de este turbio caso y proyectan sombras inquietantes sobre la actuación de nuestra policía. De nuestro enviado especial en Oporto.

–¿Cómo conoció a Damasceno Monteiro?
–Lo conocí cuando mi familia se trasladó a Oporto. Tenía yo doce años, sus padres vivían por aquel entonces en la Ribeira. Pero no en la casa donde viven ahora, su padre trabajaba de cestero y se ganaba bien la vida.

–Sabemos que en los últimos meses estuvieron ustedes muy unidos.

–Se encontraba en dificultades y venía a menudo a comer y a cenar a mi casa; tenía poco dinero.

–Y sin embargo había encontrado un trabajo poco tiempo antes.

–Lo habían contratado como mozo en la Stones of Portugal, una empresa de importación y exportación de Gaia, se ocupaba sobre todo de los contenedores.

–¿Y qué es lo que el señor Monteiro había descubierto de anormal, llamémoslo así, en su trabajo?

–Bueno, pues que dentro de los contenedores, donde había material electrónico, llegaban también paquetes de droga, embalados en plástico y protegidos con glicerina.

–¿Piensa por tanto que Damasceno Monteiro sabía demasiado?

–No lo pienso, estoy seguro.

–¿Podría explicarse mejor?

–Damasceno se había dado cuenta de que la base era el vigilante nocturno, ese viejecito que murió hace unos días. Naturalmente, la empresa no sabía nada del tráfico, pero el vigilante estaba compinchado con traficantes de Hong Kong, de donde procedían los contenedores. Él recibía los paquetes y los distribuía por Oporto.

–¿De qué droga se trataba?

–Heroína en estado puro.

–¿Y dónde iba a parar?

–Los paquetes los pasaba a recoger el Grillo Verde.

–Perdone, ¿quién es el Grillo Verde?

–Es un sargento de la comisaría local de la Guardia Nacional.

–¿Y su nombre?

–Titânio Silva, alias el Grillo Verde.

–¿Por qué le llaman Grillo Verde?

–Porque cuando se cabrea tartamudea y salta como un grillo, y tiene un color verduzco.

–¿Y qué sucedió posteriormente?

–Damasceno, unos meses atrás, había trabajado de electricista en la Borboleta Nocturna, un local que pertenece al Grillo Verde, pero que él ha hecho pasar como propiedad de su cuñada. Es ahí donde se distribuye toda la droga de Oporto. Los traficantes van a comprarla allí y luego la despachan entre los camellos.

–¿Los camellos?

–Los pequeños traficantes, los que trajinan en las calles con los drogadictos.

–¿Y el señor Monteiro qué había llegado a saber?

–Nada, había comprendido que el Grillo Verde recibía la heroína desde Hong Kong a través de una empresa de importación y exportación. Quizás hubiera encontrado ya la pista, quién sabe, el hecho es que poco después se hizo contratar como aprendiz en la Stones of Portugal, en cuyos contenedores llegaba la droga desde Asia, y comprendió que la base era el vigilante nocturno.

–El cual, por lo que parece, murió de un infarto.

–Sí, el viejecito sufrió de repente una apoplejía y estiró la pata. La ocasión no podía ser más favorable: el propietario de la empresa estaba en el extranjero, la secretaria, de vacaciones, y el contable es idiota.

–¿Y entonces?

–Entonces, esa noche, es decir, la noche en que el vigilante nocturno tuvo un ataque, Damasceno vino a mi casa y me dijo que había llegado la conjunción astral, es decir, que iba a ser el golpe de nuestra vida, después del cual podríamos marcharnos a Río de Janeiro.

–¿En qué sentido?

–En el sentido de que habían llegado los contenedores de Hong Kong cargados de mercancía, como Damasceno Monteiro sabía, y dado que el Grillo Verde y su banda no pasarían hasta el día siguiente, que era el día establecido con el vigilante nocturno, nosotros los dejábamos con un palmo de narices y nos llevábamos todo el cargamento.

–¿Y usted cómo reaccionó?

–Yo le dije que estaba loco, que si le hacíamos una jugarreta al Grillo Verde nos liquidaría. Y, además, ¿dónde demonios íbamos a colocar toda esa mercancía?

–¿Y qué respondió Monteiro?

–Dijo que de la venta se encargaría él, que conocía una buena base en el Algarve desde donde pasar la mercancía a España y a Francia, y que eran millones a espuertas.

–¿Y después?

–Yo le dije que no iría con él aquella noche, que tenía mujer y un hijo pequeño y que me bastaba con el sueldo del taller; pero me contestó que él estaba de mierda hasta el cuello, que su padre tomaba Antabús y que vomitaba toda la noche y que él ya no soportaba aquella vida y quería irse a vivir a Copacabana, y que, como yo tenía coche y él no, tenía que acompañarlo.

–Y así que usted lo acompañó.

–Sí, lo acompañé, y a decir verdad entré por el patio con él, lo hice por propia voluntad, sin que él me obligara en modo alguno, porque me disgustaba quedarme tras la verja mientras él iba solo a realizar aquel trabajo peligroso.

–Perdone, dicho de ese modo parece una gran generosidad por su parte. Pero ¿no será que en aquel momento estaba pensando en los millones que podía ganar con ese robo?

–Es posible, le soy sincero. ¿Sabe?, yo trabajo todo el día como mecánico electricista y gano una miseria, mi casa es un sótano que mi mujer ha intentado adecentar con cortinas de flores, pero en invierno es muy húmedo y las paredes exudan, es un ambiente insano. Y yo tengo un niño de pocos meses.

–¿Y cómo se desarrollaron los hechos con su amigo Monteiro?

–Encendió las luces de la oficina como si fuera el jefe y me dijo que no me moviera, que él se ocupaba del resto. Así que no me moví y no colaboré en el robo. Buscó en los cajones el código de apertura de los contenedores y salió al patio. Me senté en el escritorio, estaba esperándolo y no sabía qué hacer, así que pensé en realizar una llamada gratis a Glasgow.

–Perdone, ¿se puso usted a telefonear a Glasgow desde las oficinas de la Stones of Portugal?

–Sí, porque tengo una hermana que emigró a Glasgow y no sé nada de ella desde hace cinco meses. ¿Sabe?, telefonear a Glasgow es un buen pico, y mi hermana tiene una niña mongólica que le da muchos problemas.

–Continúe, por favor.

–Mientras estaba telefoneando, oí el ruido de un coche, así que colgué y me metí rápidamente en un cuartucho con puerta corredera donde guardan la aspiradora. En ese momento, por la puerta del patio entró Damasceno y por la puerta principal entró el Grillo Verde con su banda.

–¿Qué quiere decir con «su banda»?

–Eran dos agentes de la Guardia Nacional que lo acompañan siempre.

–¿Los reconoció?

–A uno sí, se llama Costa, tiene una barriga desmesurada porque tiene cirrosis. Al otro no lo conozco, era un chico joven, un recluta quizás.

–¿Y qué sucedió?

–Damasceno llevaba en la mano cuatro paquetes de droga envueltos en plástico. Se dio cuenta de que yo había desaparecido y se encaró con el Grillo Verde.

146

—Y el sargento ¿qué hizo?

—El sargento empezó a saltar sobre una y otra pierna como cuando tiene un ataque de nervios, después empezó a tartamudear, porque, como ya le he dicho, cuando está nervioso tartamudea, no logra decir una palabra en cristiano.

—¿Y entonces?

—Empezó a tartamudear y dijo: Hijo de puta, esa mierda es mía. Yo les espiaba por la rendija de la habitación. El Grillo Verde cogió los paquetes de droga e hizo algo inconcebible.

—¿Qué hizo?

—Abrió uno con su navaja automática, lo abrió en canal, y esparció su contenido sobre la cabeza de Damasceno. Dijo: Hijo de puta, ahora te bautizo, ¿se da cuenta? Aquello valía millones, valía millones.

—¿Y luego?

—Damasceno estaba cubierto de polvo, como si le hubiera nevado encima, y el Grillo estaba verdaderamente nervioso, saltaba de un lado a otro como un diablo, en mi opinión estaba colocado.

—¿Qué quiere decir?

—Que estaba colocado. El Grillo vende droga, pero de vez en cuando también toma, y le da mal rollo, de la misma manera que hay gente que tiene un mal beber, y quería cargarse a Damasceno allí mismo.

—Explíquese mejor: ¿en qué sentido quería cargarse a Damasceno Monteiro?

–El Grillo había desenfundado la pistola. Estaba histérico, apuntaba con ella en la sien de Damasceno y después se la apoyaba en la barriga y gritaba: Te mato, hijo de puta.

–¿Y disparó?

–Disparó, pero el tiro fue al aire, acabó en el techo, si usted va a ver a las oficinas de la Stones of Portugal seguro que encuentra un agujero en el techo, no lo mató porque sus compañeros intervinieron y desviaron el tiro, y él metió de nuevo la pistola en la funda.

–¿Y qué sucedió después?

–El Grillo se convenció de que no podía matarlo allí mismo, pero estaba claro que no se había calmado. Le dio a Damasceno una patada en los cojones que lo hizo doblarse en dos, y después le dio un rodillazo en la cara, igual que en las películas, y empezó a darle patadas. Después les dijo a los de su banda que se lo llevaran al coche, que arreglarían cuentas en comisaría.

–¿Y los paquetes de droga?

–Se los metieron en las cazadoras, subieron a Damasceno al coche y partieron hacia Oporto. Estaban todos enfurecidos, como animales que hubieran olfateado el olor de la sangre.

–¿Quiere decir algo más?

–El resto imagíneselo usted. A la mañana siguiente el cadáver de Damasceno fue encontrado por un gitano en un terreno lleno de basura, estaba decapitado, como ya sabemos. Ahora me toca a mí hacerle una pregunta: ¿Qué conclusiones saca usted?

Ésta es la pregunta que este enviado formula ahora a todos sus lectores.»

14

La pensión de Dona Rosa estaba en calma a aquellas horas. Los pocos huéspedes todavía no habían regresado. En el saloncito el televisor, con el volumen bajo, emitía un documental sobre curiosidades antes de las noticias.

–Veamos si el telediario dice algo sobre el asunto –barbotó el abogado.

Con su mole rebosante en uno de los silloncitos acolchados de la salita de Dona Rosa, bebía agua y se secaba la frente con el pañuelo. Acababa de llegar y se había sentado en silencio en el saloncito. Dona Rosa, sin preguntarle nada, le había llevado con premura una botella de agua mineral con gas.

–Vengo de las oficinas del procurador –añadió–, se han efectuado los primeros interrogatorios.

Firmino no dijo nada. Dona Rosa arreglaba aquí y allá los cojines de los sillones, como si estuviera en otra parte.

–¿Cree usted que el telediario hablará de ello? –insistió el abogado.

–Yo diría que sí –respondió Firmino–, pero ya veremos cómo lo hace.

El telediario habló de ello al inicio. Era una noticia informativa que en el fondo retomaba lo recogido por la prensa, y sobre todo la entrevista a Torres en el *Acontecimento,* advirtiendo que no podía decirse nada más porque se había decretado el secreto del sumario. En el estudio estaba el sociólogo de turno que hizo un análisis de la violencia en Europa, habló de una película americana en que se veía a un hombre decapitado y llegó a conclusiones casi psicoanalíticas.

–Pero ¿qué tendrá que ver todo esto? –preguntó Firmino.

–Tonterías –comentó lacónicamente el abogado–, ya ve usted, apelan al secreto de sumario, ¿qué me diría de invitarme a cenar? Tengo verdadera necesidad de relajarme.

Se dirigió a Dona Rosa.

–Dona Rosa, ¿qué nos ofrece esta noche la casa?

Dona Rosa enumeró el menú. El abogado no hizo ningún comentario, pero pareció satisfecho porque se levantó e invitó a Firmino a seguirle. El comedor todavía estaba a oscuras, pero el abogado encendió las luces como si fuera el amo y escogió la mesa que quería.

–Si tiene una botella de vino a medias que haya sobrado de la comida –dijo a Firmino–, dígale a Dona Rosa que la tire, no soporto las botellas de vino a medias, tal y como se estila en algunas pensiones, me provocan melancolía.

Aquella noche la cocinera de Dona Rosa había preparado albóndigas en salsa de tomate, y de primer plato había sopa de col. La criada bigotuda llegó con la sopera humeante y el abogado hizo que la dejara sobre la mesa, como si tomara precauciones.

–Estaba hablando del secreto del sumario –dijo Firmino por decir algo.

–Ya –soltó el abogado–, el secreto del sumario, me gustaría hablar con usted del llamado secreto del sumario, pero esto nos llevaría inevitablemente a un argumento más comprometido y quizás demasiado aburrido para usted, y yo no quiero aburrirle.

–No me aburre en modo alguno –respondió Firmino.

–¿No le parece que la sopa está demasiado líquida? –preguntó el abogado–, a mí me gusta más espesa, las patatas y las cebollas son el secreto de una buena sopa de col.

–En cualquier caso, no me aburre en modo alguno –respondió Firmino–, si quiere hablar sobre ello, hágalo con tranquilidad, soy todo oídos.

–He perdido el hilo –dijo el abogado.

–Me estaba diciendo que el tema del secreto del sumario le llevaría inevitablemente a un tema más aburrido –resumió Firmino.

–Ah, ya –barbotó el abogado.

La criada llegó con la bandeja de las albóndigas y empezó a servirlas. El abogado hizo que cubrieran las suyas con abundante salsa de tomate.

–La ética –dijo el abogado untando una albóndiga en la salsa.

–La ética, ¿en qué sentido? –preguntó Firmino.

–Secreto del sumario-ética profesional –respondió el abogado– es un binomio inseparable, por lo menos en apariencia.

La albóndiga que trataba de cortar con el cuchillo se le escapó del plato y acabó en su camisa. La criada observaba la escena y se precipitó hacia él, pero el abogado la detuvo con un gesto perentorio.

–Albóndiga-camisa –dijo–, éste también es un binomio, por lo menos en lo que a mí se refiere. No sé si se ha dado cuenta de que el mundo es binario, la naturaleza discurre sobre estructuras binarias, o al menos nuestra civilización occidental, que es, por otro lado, la que ha hecho todas las clasificaciones, piense usted en el siglo dieciocho, en los naturalistas, no sé, en Linneo, pero ¿cómo llevarles la contraria si, en realidad, esta mísera pelotita que rueda en el espacio y sobre la que navegamos obedece a un esquema completamente elemental como es el binario?; ¿usted qué opina?

–Ya –respondió Firmino–, o macho o hembra, puestos a simplificar, es éste el sistema que usted llama binario.

–Ése es el sentido –confirmó el abogado– del que se deriva también verdad o mentira, por ejemplo, y aquí sería necesaria una conversación verdaderamente aburrida y, como ya le he dicho, no pretendo aburrirle; verdad o mentira, perdóneme los vuelos pindáricos, pero eso ya es la ética y, obviamente, el problema del Derecho, pero no voy a hablarle ahora de tratados sofisticados, no vale la pena.

Resopló como si estuviera molesto, pero sobre todo parecía molesto consigo mismo.

–¿Usted cree que el universo es binario? –soltó de repente.

Firmino lo miró perplejo.

–¿En qué sentido? –preguntó.

–Si es binario como la Tierra –repitió el abogado–, en su opinión, ¿es binario como la Tierra?

Firmino no supo qué responder, así que pensó en darle la vuelta a la pregunta.

–¿Usted qué cree?

–No lo creo –respondió el abogado–, espero que no, digamos que espero que no.

Hizo un gesto a la criada señalándole el vaso vacío.

–Es sólo una esperanza –dijo–, una esperanza para el género humano al cual pertenecemos, pero que en el fondo no nos afecta directamente porque ni usted ni yo viviremos lo bastante como para saber cómo está hecha Andrómeda, por ejemplo, y qué está sucediendo en aquellos lares. Pero piense usted en todos esos científicos de la NASA o cosas por el estilo que se esfuerzan tanto para que dentro de un siglo o dos nuestros descendientes puedan llegar a esos lugares que se llaman los confines de nuestro sistema solar, e imagine las caras de esos pobres descendientes nuestros cuando, tras un viaje tan largo, desembarquen un buen día allá arriba de su astronave y se encuentren con una hermosa estructura binaria: macho o hembra, verdad o mentira y acaso también pecado o virtud, fíjese usted, porque el sistema binario, aunque ellos no se lo esperaban, prevé también un sacerdote, católico o de cualquier religión, que les dice: Esto es pecaminoso, esto es virtuoso. Qué, ¿se imagina la cara que pondrían?

Firmino tuvo ganas de reír, pero se limitó a sonreír.

—Abogado —dijo—, creo que la ciencia ficción no ha pensado todavía en esa hipótesis, yo leo muchos libros de ciencia ficción, y me parece que todavía no he encontrado un problema como ése.

—Ah —dijo el abogado—, no sospechaba que a usted le gustara la ciencia ficción.

—Me gusta mucho —respondió Firmino—, es mi lectura predilecta.

El abogado tosió con su pequeño gorgoteo que parecía una risa.

—Bien, bien —farfulló—, ¿y qué tiene que ver su Lukács con esas lecturas?

Firmino sintió que se sonrojaba. Le pareció haber caído en una trampa y reaccionó con cierto orgullo.

—Lukács me es útil para la literatura portuguesa de posguerra —respondió—, la ciencia ficción pertenece a lo fantástico.

—Ahí quería yo verle —replicó el abogado—, lo fantástico. Es una bella palabra e incluso un concepto sobre el que meditar, medite al respecto, si tiene tiempo. Por lo que a mí concierne, estaba fantaseando sobre el postre que Dona Rosa ha preparado esta noche, es un flan acaramelado, pero quizás será mejor que renuncie a él, un último sorbo y me iré a la cama porque mi jornada ya ha terminado, pero quizás la suya podría seguir dando frutos.

–Haré lo que pueda –dijo Firmino–, ¿por ejemplo?

–Por ejemplo, una escapadita al Puccini's Butterfly, es un lugar que podría proporcionarnos noticias interesantes. Sólo eso, una ojeada.

Se bebió su vaso de vino y encendió uno de sus enormes cigarros.

–Una escapadita a su discreción –continuó mientras la cerilla se quemaba entre sus dedos–, por ejemplo qué gente hay, los empleados, si el Grillo Verde está por allí, porque me han dicho que en ese local tiene una oficina, cuatro palabras con él podrían ser interesantes, tendría que ser tarea de la policía, pero ¿usted se imagina a la policía en el Puccini's Butterfly?

–No, no me la imagino –confirmó Firmino.

–Precisamente –explicó el abogado–, no quisiera que se sintiera usted Philip Marlowe, pero podríamos intentar enterarnos de algo marginal sobre el Grillo Verde, quizás delitos menores, porque ¿sabe qué decía De Quincey?

–¿Qué decía?

–Decía: Si un hombre se decide un día a matar, muy pronto llegará a considerar el robo como algo sin importancia, y de ahí pasará a la bebida y a no observar las fiestas de guardar, después a comportarse de forma maleducada y a no respetar los compromisos, una vez metido en esa pendiente no se sabe adónde irá a parar, y muchos deben su propia ruina a este o a aquel asesinato, al cual en su momento no concedieron importancia. Fin de la cita.

El abogado se regocijó consigo mismo y añadió:

–Querido jovencito, como ya le he dicho no quiero aburrirle, pero supongamos que yo, que antes le hablaba de la ética profesional, tuviera necesidad de una ayuda para romper el, llamémosle así, velo de la ignorancia. No voy a alargarme, es una definición de un jurista americano, un discurso puramente teórico que está en una especie de caverna de Platón. Pero supongamos que, con mis vuelos pindáricos, hiciera descender ese concepto al plano puramente práctico, digamos factual, cosa que ningún teórico del Derecho me perdonaría, y pongamos que a mí me importara un pepino, ¿usted qué pensaría?

–Que el fin justifica los medios –respondió Firmino con prontitud.

–No es ésa exactamente mi conclusión –replicó el abogado–, y no vuelva a repetir esa frase, la detesto, con esa frase la humanidad ha cometido las peores atrocidades, digamos sólo que yo me sirvo desvergonzadamente de usted, es decir, de su periódico, ¿está claro?

–Clarísimo –respondió Firmino.

–Y digamos que siempre podría justificarme con ciertas definiciones de la teoría del Derecho, podría afirmar no sin cierto cinismo que pertenezco a la escuela de la llamada concepción intuicionista, pero no, llamémosle mejor un acto de fantasía arbitraria, ¿le gusta la definición?

–Me gusta –concedió Firmino.

–Y así, con un acto de fantasía arbitrario, podríamos volver a enlazar con la paradoja de De Quincey, es decir: dado que tengo la completa sensación de que no va a ser fácil demostrar que el Grillo Verde corta cabezas ajenas con cuchillos eléctricos, nosotros intentaremos demostrar que se comporta mal en sociedad, qué sé yo, que le rompe los platos en la cabeza a su mujer, ¿me explico?

–Perfectamente –respondió Firmino.

El abogado parecía satisfecho. Se apoyó en el respaldo de la silla. En sus ojillos móviles había una expresión soñadora.

–Y quizás a estas alturas hagamos entrar a su Lukács –añadió.

–¿Lukács? –preguntó Firmino.

–El principio de realidad –respondió el abogado–, el principio de realidad, no me sorprendería que a pesar de todo pudiera serle útil esta noche. Y ahora es mejor que se marche usted, jovencito, me parece justo la mejor hora para un lugar como el Puccini's Butterfly; después, naturalmente, me contará todo con pelos y señales, pero, se lo aconsejo, preste atención al principio de realidad, creo que puede serle útil.

15

La Avenida de Montevideu, que confluía con la Avenida do Brasil, formaba un paseo marítimo larguísimo, mucho más largo de lo que Firmino se había imaginado, y no le quedaba más remedio que recorrerlo hasta llegar al local, pues no sabía a qué altura se encontraba. Corría una hermosa brisa atlántica que hacía ondear las banderas de un gran hotel. El paseo marítimo, al menos al principio, estaba lleno de gente, sobre todo de familias que atestaban las terrazas de las heladerías donde los niños muertos de sueño lamían cansinamente sus helados. Firmino pensó que sus compatriotas mandaban a los niños demasiado tarde a la cama, y que quizás tenían demasiados niños. Y después murmuró para sí: Divagaciones idiotas. Notó que la zona inicial, abarrotada y popular, se iba convirtiendo paulatinamente en una zona más solitaria y aristocrática, formada por villas austeras y por edificios de principios de siglo, con balcones de hierro forjado y decoraciones de estuco. El océano estaba bastante encrespado y las olas violentas rompían en la escollera.

El Puccini's Butterfly ocupaba un edificio entero de los años veinte, según le pareció a Firmino a bote pronto, una hermosa construcción modernista, con cornisas de baldosas verdes y barandas con pequeños tímpanos que imitaban el estilo manuelino. Sobre la terraza del primer piso, un rótulo violeta de neón, con volutas rococós, rezaba «Puccini's Butterfly». Y sobre cada una de las tres puertas del local sendos rótulos más discretos indicaban respectivamente el Restaurante Butterfly, el Night-Club Butterfly y la Discoteca Butterfly. La discoteca era la única de las entradas que carecía de alfombra roja. Las otras dos la tenían y eran vigiladas por un portero vestido con cierta elegancia. Firmino pensó que quizás la discoteca no fuera el lugar más adecuado. Sin duda era un sitio en el que no se podía hablar, con luces psicodélicas y música ensordecedora. En el restaurante no sabría qué hacer: aquella noche ya había tenido bastante con las albóndigas. Sólo le quedaba el night-club. El portero le abrió la puerta e hizo una imperceptible reverencia. La luz era azulada. El vestíbulo proseguía con un pequeño bar de estilo inglés, una gran barra de madera maciza y taburetes de cuero rojo. Estaba desierto. Firmino lo atravesó, apartó las cortinas de terciopelo y entró en la sala. También allí la luz era azulada. Como un tramoyista que espera al actor detrás del telón, una figura atenta, pero cuya voz tenía algo de repulsivo, le susurró:

—Bienvenido, señor, ¿tiene reserva?

Era el maître. Sobre los cincuenta, esmoquin impecable, pelo gris que bajo la luz azulada parecía azul, una majestuosa sonrisa estereotipada.

—No —respondió Firmino—, la verdad es que se me ha olvidado.

—No importa —susurró el maître—, tengo una buena mesa para usted, acompáñeme, se lo ruego.

Firmino lo siguió. Calculó que habría una treintena de mesas, casi todas ocupadas. Clientes de mediana edad, sobre todo, le pareció, las señoras bastante elegantes, los caballeros con estilo más deportivo, con americanas de lino y simples polos. Al fondo del local había un pequeño escenario con proscenio de estilo barroco. Estaba vacío. Evidentemente, era un intermedio, y en la sala teñida de azul flotaba una música que a Firmino le pareció reconocer. Se llevó un dedo al oído en ademán interrogativo y el maître murmuró:

—Puccini, señor. ¿Esta mesa es de su agrado?

Era una mesa no muy cercana al escenario, pero escorada, lo que le daba la posibilidad de observar toda la sala.

—¿El señor ha cenado ya o debo traerle la carta? —preguntó el maître.

—¿Se puede cenar también aquí? —preguntó Firmino—, creía que el restaurante estaba aquí al lado.

—Tapas, únicamente —respondió el maître—, pequeñas raciones.

—¿Por ejemplo?

—Pez espada ahumado, tapas de langosta fría, cosas así, pero ¿no prefiere que le traiga la carta?, ¿o le apetece sólo algo de beber?

—Bah —respondió Firmino distraídamente—, ¿qué me recomienda?

—Para no equivocarme yo diría una buena copa de champán, aunque sea sólo para empezar —respondió el maître.

Firmino pensó que tenía que telefonear urgentemente al director para que le mandara un giro postal, a aquellas alturas el anticipo para gastos se había acabado y vivía de los préstamos de Dona Rosa.

—De acuerdo —respondió con displicencia—, que sea champán, pero que sea del mejor.

El maître se alejó de puntillas. La música pucciniana cesó, las luces bajaron de intensidad y un reflector iluminó el escenario. Con un foco azul, naturalmente. Del foco emergió una chica joven y bella con el pelo recogido en un moño, y empezó a cantar. Cantaba sin acompañamiento musical, la letra era portuguesa pero la melodía era una especie de blues, y sólo al rato Firmino se dio cuenta de que era un viejo fado de Coimbra que la muchacha cantaba como si fuera una pieza de jazz. Hubo un aplauso muy discreto y las luces subieron de nuevo. El camarero llegó con la copa de champán y la depositó sobre la mesa. Firmino bebió un trago. No es que entendiera mucho de champán, pero aquél era horrendo, con un gusto dulzón. Miró a su alrededor. Todo era mullido y tranquilo, el ambiente, vaporoso. Los camareros paseaban entre las mesas con paso afelpado, un altavoz transmitía en sordina una *morna* de Cesária Évora, los clientes charlaban en voz baja. En la mesa contigua había un caballero solo que fumaba un cigarrillo tras otro, mirando obstinadamente la cubitera con la botella de champán que tenía enfrente. Ése sí que es auténtico champán, se dijo Firmino al leer la etiqueta de una conocida marca francesa. El caballero se dio cuenta de que Firmino lo miraba y lo miró a su vez. Tenía unos cincuenta años, gafas de carey, un bigotito enmarañado, el pelo rojizo. Vestía de sport, una camiseta malva bajo una americana de lino arrugada. El hombre levantó su copa con mano insegura hacia Firmino y le dirigió un brindis. También Firmino levantó su copa, pero no bebió. El hombre lo miró con expresión interrogativa y acercó su silla.

–¿No bebe? –preguntó.

–El mío no vale nada –respondió Firmino–, pero me uno mentalmente a su brindis.

–¿Sabe cuál es el secreto? –preguntó el hombre guiñando un ojo–, pedir una botella entera, con eso puede estar seguro; si pide una copa de champán, le sirven uno nacional y le cuesta un ojo de la cara.

Se sirvió otra copa y se la bebió de golpe.

–Estoy deprimido –murmuró en tono confidencial–, querido amigo, estoy muy deprimido.

Dio un profundo suspiro y apoyó la cara en una mano. Tenía un aire desconsolado. Murmuró:

–Ella va y me dice: Frena. Así, de repente: Frena. Y eso en la carretera de Guimaráes, que, por si fuera poco, está llena de curvas. Yo aminoro y la miro y ella me dice: Te he dicho que frenes. Abre la puerta, se arranca el collar de perlas que le había regalado por la mañana, me lo tira a la cara y baja, sin decir ni una palabra, nada de nada, y cierra de un portazo. ¿No tengo motivos para estar deprimido?

Firmino no se pronunció, pero hizo un ligero gesto como de asentimiento.

–Veinticinco años de diferencia –confesó el hombre–, no sé si me explico. ¿No tengo razones para sentirme deprimido?

Firmino intentó decir algo, pero el hombre siguió por su cuenta porque iba embalado:

–Por eso he venido al Puccini's, es el sitio indicado cuando uno se siente deprimido, ¿no?, es el sitio indicado para animarse, y usted lo sabrá mejor que yo.

–Claro –respondió Firmino–, lo entiendo perfectamente, es el sitio más indicado.

El hombre dio un golpecito a la botella de champán y a la vez se tocó la nariz.

–Esto –dijo– es lo que hace falta, claro, pero el mejor sitio está allí, en el saloncito.

Hizo un gesto vago hacia el fondo de la sala.

166

–Ah –murmuró Firmino–, el saloncito, es verdad, eso es lo mejor.

El hombre se tocó de nuevo la nariz con el índice.

–Es lo mejor, precio asequible y discreción asegurada, pero yo estoy antes que usted.

–¿Sabe? –dijo Firmino–, esta noche yo también me siento algo deprimido, claro, acepto mi turno.

El cincuentón deprimido señaló una cortina de terciopelo justo al lado del escenario.

–*La Bohème* es justo lo que uno necesita –dijo sonriendo de mala gana–, es la música ideal para animarse. –Y con el índice se dio otra vez un golpecito en la nariz.

Firmino se levantó con aparente desinterés y rodeó la sala arrimado a las paredes. Junto a la cortina señalada por el cincuentón deprimido había otra con la indicación de «Servicios», con dos figuritas en traje regional, un campesino y una campesina. Firmino entró en el aseo, se lavó las manos y se miró en el espejo. Pensó en el consejo del abogado de que no se sintiera Philip Marlowe. No era realmente su papel, pero la indicación del cincuentón deprimido le estaba interesando. Salió del aseo y, con la misma expresión de displicencia, se metió por la cortina de al lado. La cortina se abría a un pasillo forrado de moqueta en el suelo y las paredes. Firmino avanzó tranquilamente. A la derecha había una puerta acolchada con un letrero de plata en el que estaba escrito «La Bohème». Firmino la abrió y metió la cabeza dentro. Era un pequeño reservado tapizado de azul, con luces difusas y un sofá. En el sofá había un hombre tendido y le pareció que la música era pucciniana, aunque no logró identificar la ópera de la que se trataba. Firmino se acercó a la figura tendida boca arriba y le dio un golpecito en el hombro. El hombre no se movió. Firmino lo sacudió por un brazo. El hombre parecía en coma profundo. Firmino salió rápidamente y cerró la puerta.

Regresó a su mesa. El cincuentón deprimido continuaba mirando obstinadamente su botella de champán.

—Me parece que tendrá que esperar un poco —murmuró—, el saloncito está ocupado.

—¿Usted cree? —preguntó el hombre con ansiedad.

—Estoy seguro —respondió Firmino—, dentro hay un caballero en el mundo de los sueños.

El cincuentón deprimido puso una expresión desesperada.

—Pero si no tardo nada —dijo—, dos minutos, quizás pase un momento por la oficina del director.

—Ah, claro —respondió Firmino.

El hombre hizo una señal al maître, hubo un pequeño conciliábulo, se alejaron juntos bordeando las paredes de la sala y desaparecieron tras la cortina de terciopelo. Las luces bajaron, la muchacha que antes había cantado el blues se asomó al escenario, entretuvo al público con dos bromas simpáticas y prometió que cantaría un fado de los años treinta rogando que aguardaran todavía unos diez minutos porque, especificó, el que tocaba la viola había sufrido un contratiempo. Firmino mantenía los ojos clavados en la cortina del pasillo. El cincuentón deprimido salió de ella y con paso ágil atravesó la sala pasando entre las mesas. Cuando se sentó, miró a Firmino. Ya no estaba deprimido, tenía los ojos brillantes y una expresión llena de vitalidad. Le hizo a Firmino un gesto con el pulgar en alto, como si fuera un piloto que dice OK.

–¿En forma? –le preguntó Firmino.

–Veinticinco años menos que yo, pero era una putita –susurró el hombre–, sólo que para darme cuenta necesitaba un momento de reflexión.

–Una reflexión un poco cara –susurró a su vez Firmino.

–Doscientos dólares bien empleados –dijo el hombre–, verdaderamente barato, si tenemos en cuenta la discreción.

–En efecto, no es carísimo –respondió Firmino–, pero, por desgracia, me he olvidado los dólares en casa.

–Titânio sólo acepta dólares –dijo el cincuentón–, querido amigo, póngase en su lugar, ¿usted aceptaría escudos portugueses con todos los riesgos que debe correr?

–Claro que no –confirmó Firmino.

–¿Había hecho su reserva para La Bohème? –preguntó el hombre–, lo siento por usted.

Firmino miró la cuenta y apuró su dinero hasta el último céntimo. Por fortuna se pagaba en escudos. Tenía ganas de recorrer a pie todo el paseo marítimo, estaba seguro de que un poco de aire le sentaría bien.

16

Firmino entró en el patio del palacete de Rua das Flores y pasó por delante de la garita de la portera. La mujer le echó una rápida ojeada y sumergió de nuevo la mirada en sus labores de costura. Firmino atravesó el pasillo y tocó el timbre. La puerta se abrió automáticamente, como la primera vez.

Don Fernando estaba sentado ante una mesita forrada de paño verde, casi en vilo sobre una silla que apenas podía contener su mole, y ante sí tenía un juego de cartas. Su cigarro estaba encendido, pero permanecía posado en el cenicero de la mesa y se iba consumiendo lentamente. En la sala flotaba un tufo de moho y de humo rancio.

–Estoy haciendo un *Spite and Malice* –dijo Don Fernando–, pero no me sale, hoy no es mi día. ¿Sabe usted jugar al *Spite and Malice?*

Firmino permanecía rígido frente a él, con un fajo de periódicos bajo el brazo, y miró al abogado sin decir nada.

–Les llaman juegos de paciencia –dijo Don Fernando–, pero es una definición inexacta, hay que tener también olfato y lógica, además de suerte, naturalmente. Ésta es una variante del *Milligan,* ¿no conoce usted ni siquiera el *Milligan?*

–Sinceramente no –respondió Firmino.

–En el *Milligan* participan varios jugadores –explicó Don Fernando–, dos mazos de cincuenta y dos cartas y columnas en progresión; se abre con el as o con la reina; con el as la columna es ascendente, con la reina es descendente; pero lo bueno no es eso, lo bueno son los obstáculos.

El abogado cogió el cigarro, que había formado sus dos buenos centímetros de ceniza, y dio una bocanada voluptuosa.

–Debería usted estudiar un poco los llamados juegos de paciencia, algunos tienen un mecanismo similar a esa insoportable lógica que condiciona nuestra vida, el *Milligan,* por ejemplo; pero siéntese usted, joven, coja ese taburete.

Firmino se sentó y dejó el fajo de periódicos en el suelo.

–El *Milligan* es muy interesante –dijo el abogado–, está basado en las jugadas que cada participante realiza con el fin de poner trampas para limitar el juego del adversario que va detrás de él, y así en cadena, como en las discusiones internacionales de Ginebra.

Firmino le miró y en su rostro se dibujó una expresión

172

de estupor. Intentó descifrar rápidamente lo que quería decir el abogado, pero no lo consiguió.

–¿Las discusiones de Ginebra? –preguntó.

–¿Sabe? –dijo el abogado–, hace algunos años solicité ir como observador a las conversaciones de desarme nuclear y balístico que tienen lugar en la sede de Naciones Unidas en Ginebra. Hice amistad con una señora, la embajadora de un país que proponía el desarme. Se daba el caso de que su país, que efectuaba experimentos atómicos, estaba también comprometido con la desnuclearización del mundo, ¿capta el concepto?

–Capto el concepto –dijo Firmino–, es una paradoja.

–Bien –continuó el abogado–, la señora era una persona cultivada, naturalmente, pero sobre todo era una apasionada de los juegos de cartas. Y un día le pedí que me explicara el mecanismo de aquellas negociaciones, cuya lógica se me escapaba. ¿Sabe qué me respondió?

–Ni idea –contestó Firmino.

–Que me estudiara el *Milligan,* porque la lógica era la misma, es decir: cada jugador, aunque aparentemente pretende colaborar con otro, en realidad construye cadenas de cartas estudiando las trampas para limitar el juego del adversario. ¿Qué le parece?

–Un buen juego –respondió Firmino.

–Y que lo diga –dijo Don Fernando–, es en esto en lo que se basa el equilibrio atómico de nuestro planeta, en el *Milligan.*

Dio un golpecito a una de las columnas de cartas.

–Pero yo juego solo, con la variante del *Spite and Malice,* me parece más oportuno.

–¿O sea? –preguntó Firmino.

–Que hago un solitario, de manera que soy simultáneamente yo mismo y mi propio adversario, me parece que es lo que requiere la situación, en cuanto a los misiles que se han de lanzar y de evitar.

–Un misil ya lo tenemos –declaró Firmino con satisfacción–, no es de cabeza nuclear, pero algo es algo.

Don Fernando desbarató su juego de paciencia y empezó a recoger las cartas una a una.

–Me interesa, joven –dijo.

–En el Puccini's Butterfly se trafica con drogas –dijo Firmino–, y se consumen allí mismo. Hay unos saloncitos reservados en el pasillo, música de ópera y cómodos sofás, creo que sobre todo se trata de cocaína, pero podría haber más cosas, una esnifada cuesta doscientos dólares, y quien dirige todos esos recitales es, sin duda, Titânio Silva. ¿Le lanzo un torpedo desde mi periódico?

El abogado se levantó y atravesó la habitación con paso incierto. Se detuvo delante de una consola estilo imperio sobre la que había una fotografía enmarcada en la que Firmino no había reparado. Se apoyó con un codo sobre el mármol de la consola, con una postura que a Firmino le parecía teatral y oratoria a la vez, casi como si frente a él hubiera un tribunal al que dirigirse.

–Usted es un buen reportero, joven –exclamó–, con algunas limitaciones, naturalmente, pero no me venga ahora queriendo hacer de Don Quijote, porque el sargento Titânio Silva es un molino de viento muy peligroso. Y teniendo en cuenta que nosotros sabemos el estado en que quedó nuestro heroico Don Quijote después de ser arrastrado por las palas de los molinos, y teniendo en cuenta que yo ni puedo ni quiero ser su Sancho Panza que unge su miserable cuerpo contusionado con aceites balsámicos, le diré sólo una cosa, y abra bien las orejas. Abra bien las orejas porque es fundamental como jugada de nuestro *Milligan*. Ahora va usted a preparar una detallada nota de prensa que enviará a una agencia, y esa detallada nota de prensa que describa con pelos y señales el Puccini's Butterfly, con sus tiernos saloncitos, música de ópera, papelinas de variadas sustancias y dólares contados hábilmente por el experto cajero Titânio Silva, todo esto, decía, será publicado en bloque por la prensa portuguesa, por toda la prensa posible e imaginable, la que se interesa por el destino magnífico y progresivo del género humano, y la que se interesa por los coches deportivos de los empresarios del norte, que es, por otro lado, otra forma de concebir el destino magnífico y progresivo del género humano; en resumen, cada uno a su manera deberá recoger la noticia, quien con ferocidad, quien con escándalo, quien con reservas, pero todos deberán escribir que, probablemente, dígase probablemente, según fuentes bien informadas, en el mencionado local se trafica impunemente, adverbio fortalecido por la curiosa distracción de la Guardia Nacional, que nunca lo ha investigado; que en el mencionado local se venden polvitos onirizantes, ¿le gusta el adjetivo?, al módico precio de doscientos dólares la papelina, es decir, a un tercio del sueldo mensual de un trabajador portugués normal; de este modo le mandamos, al Puccini's y obviamente al señor Titânio, un estupendo registro de la policía judicial.

El abogado pareció tomar un respiro. Cogió aire como alguien que se estuviera ahogando y su respiración hizo el ruido de un viejo fuelle.

–Toda la culpa es de los puros –dijo–, tengo que comprar puros españoles porque ya no se encuentran habanos, se han convertido en un recuerdo, aunque quizás también aquella isla sea ya sólo un recuerdo. –Y a continuación siguió–: Estamos divagando, bueno, en realidad soy yo quien está divagando, le ruego que me disculpe, hoy tengo demasiadas cosas en la cabeza.

La mano en la que apoyaba la cara estrujaba su fláccida mejilla.

–Y además he dormido mal –añadió–, tengo demasiados insomnios, y los insomnios nos traen fantasmas y hacen recular el tiempo. ¿Sabe usted lo que significa que el tiempo recule?

Miró a Firmino con aire inquisitivo y Firmino sintió de nuevo un irritado malestar. No le gustaba aquella actitud que Don Fernando adoptaba con él y tal vez con otros, como si requiriera una complicidad, como si esperara una confirmación de sus dudas, pero casi de forma amenazante.

–No sé lo que significa, abogado –dijo–, utiliza usted expresiones demasiado ambiguas, no sé lo que significa que el tiempo recule.

–El tiempo... –susurró el abogado–, me doy cuenta de que no es usted el interlocutor más apropiado. Claro, usted es joven, y para usted el tiempo es una cinta que se le despliega por delante, como un automovilista que corre por una carretera desconocida y cuyo interés radica en lo que le espera tras la siguiente curva. Pero no es eso exactamente lo que quiero decir, me refería a un concepto teórico, caramba, ¿por qué será que las teorías me afectan de esta manera?, tal vez porque me ocupo del Derecho, que no es más que una enorme teoría también, un edificio incierto en cuyo techo se abre una cúpula infinita, como la bóveda celeste que observamos cómodamente sentados en las butacas de un planetario. ¿Sabe?, una vez cayó en mis manos un tratado de física teórica, una de esas elucubraciones elaboradas por esos matemáticos encerrados en confortables celdas universitarias, y que hablaba del tiempo, y encontré una frase que me hizo reflexionar, una frase que decía que, en cierto momento, en el universo el tiempo empezó a existir. El científico añadía con perfidia que ese concepto resulta incomprensible para nuestras categorías mentales.

Miró a Firmino con sus ojillos inquisitivos. Cambió de postura. Se puso las manos en los bolsillos, con la actitud de un gamberrete que está provocando a alguien.

–No quiero parecerle presuntuoso –dijo con expresión provocadora–, pero un concepto tan abstracto requeriría una traducción humana, ¿comprende?

–Hago todo lo posible –respondió Firmino.

–El sueño –respondió el abogado–, la traducción de la física teórica al plano humano es posible sólo en el sueño. Porque, en realidad, la traducción de ese concepto no puede darse más que aquí, justo aquí dentro.

Se dio un toque con el índice en la sien.

–En nuestras cabecitas –continuó–, pero sólo mientras están durmiendo, en ese espacio incontrolable que según el doctor Freud es el Inconsciente en estado libre. Es cierto que ese formidable detective no podía relacionar el sueño con el teorema de la física teórica, pero sería interesante que alguien lo hiciera algún día. ¿Le molesta si fumo?

Se tambaleó hasta la mesita y encendió uno de sus cigarros. Dio una bocanada sin tragarse el humo y dibujó aros en el aire.

–A veces sueño con mi abuela –dijo en tono meditabundo–, demasiado a menudo sueño con mi abuela. ¿Sabe?, fue muy importante para mi infancia, prácticamente crecí con ella, aunque en realidad de mí se ocupaban las institutrices. Y algunas veces sueño con ella de niña. Porque también mi abuela fue niña, claro. Aquella vieja atroz, tan gorda como yo, con el pelo recogido en un moño, la cintita de terciopelo en el cuello, los negros trajes de seda, su manera de escrutarme en silencio cuando me obligaba a tomar el té en sus habitaciones, aquella mujer horrorosa que fue mi pesadilla despierto ha entrado en mis sueños, y ha entrado como niña, qué extraño, nunca hubiera imaginado que aquella vieja bruja había sido niña, y en cambio en mi sueño es una niña, lleva un vestidito azul ligero como una nube, va descalza, los rizos le caen sobre los hombros, y son rizos rubios. Yo estoy al otro lado de un pequeño arroyo y ella intenta llegar hasta mí metiendo sus piececitos sonrosados en las piedras del cauce del agua. Yo sé que ella es mi abuela, pero al mismo tiempo es una niña igual que yo, no sé si me explico. ¿Me explico?

—No sabría qué decirle —respondió cautamente Firmino.

—No me explico —continuó el abogado—, porque los sueños no se explican, no suceden en el mundo de lo formulable como quiere hacernos creer el doctor Freud, sólo quería decirle que el tiempo puede empezar así, dentro de nuestros sueños, pero no he conseguido decirlo.

Aplastó el cigarro en el cenicero y dio uno de esos grandes suspiros suyos que parecían el soplo de un fuelle.

—Estoy cansado —dijo—, necesito distraerme, tengo cosas más concretas que decirle, pero ahora tenemos que salir.

—He venido a pie —aclaró Firmino—, como sabe, no tengo medio de transporte.

—A pie no —dijo Don Fernando—, con toda esta chicha me cansa demasiado ir a pie, quizás podríamos hacer que nos lleve Manuel, si esta tarde no tiene demasiado trabajo en su cantina, me hace de chófer en algunas ocasiones, él es quien cuida el coche de mi padre, es un Chevrolet del cuarenta y ocho pero funciona perfectamente, tiene un motor que va como una seda, podríamos preguntarle si nos lleva de paseo.

Firmino se dio cuenta de que el abogado requería su consentimiento y se apresuró a hacer un gesto de asentimiento con la cabeza. Don Fernando cogió el teléfono y llamó al señor Manuel.

—No es fácil escaparse de Oporto —dijo el abogado—, pero quizás el verdadero problema es que no es fácil escaparse de uno mismo, perdóneme la obviedad.

El coche estaba circulando por el litoral, el señor Manuel conducía muy circunspecto, se había hecho ya de noche y a la izquierda se veían en la lejanía las luces de la ciudad. Pasaron ante un edificio imponente recubierto de pizarra, el abogado lo señaló con un distraído gesto de la mano.

—Es la antigua sede de la Energía Eléctrica —dijo—, qué edificio tan siniestro, ¿no le parece?, ahora es una especie de depósito de la memoria de la ciudad, pero cuando yo era un niño y me llevaban a la granja, la electricidad no llegaba todavía hasta el campo, la gente tenía lámparas de petróleo.

—¿A la Casa de las Bestias? —preguntó el señor Manuel volviéndose levemente.

—A la Casa de las Bestias —respondió el abogado.

Bajó la ventanilla e hizo entrar un poco de brisa.

—La Casa de las Bestias es mi primera infancia —murmuró—, mis primeros años de vida los pasé allí, a la ciudad me llevaba la institutriz alemana para el té dominical con mi abuela, la persona que hizo el papel de mi madre vivía allí, se llamaba Mena.

El automóvil atravesó el puente, giró a la derecha, cogió una carretera poco transitada. A la luz de los faros Firmino consiguió descifrar un par de indicaciones: Areinho, Massarelos, localidades que no le decían nada.

—Cuando era niño era una hermosa y próspera granja —dijo el abogado—, por eso se llamaba la Casa de las Bestias, caballos, sobre todo, y mulos, y cerdos. Vacas no, las vacas los granjeros las tenían cerca de Amarante, aquí había sobre todo caballos.

Suspiró. Pero su suspiro fue tenue, casi imperceptible.

—Mi nodriza se llamaba Mena —continuó en un susurro—, era un diminutivo pero yo siempre la llamé Mena, mamá Mena, una matrona con un pecho que hubiera podido alimentar a diez niños y donde yo me refugiaba para encontrar consuelo, el pecho de mamá Mena.

—En el fondo son hermosos recuerdos —observó Firmino.

–Mena murió demasiado pronto, por desgracia –continuó el abogado sin hacer caso de la frase de Firmino–, la granja se la regalé a su hijo, con la promesa de que conservaría algunos caballos, y él aún tiene tres o cuatro, aunque pierda dinero, lo hace sólo para complacer este capricho mío, para hacerme sentir en la casa de mi infancia, donde yo me refugio cuando siento necesidad de consuelo y de reflexión, y Jorge, el hijo de mamá Mena, es el único pariente que me queda, es mi hermano de leche, puedo ir a su casa a la hora que quiera. Mire, esta noche tiene usted un gran privilegio.

–Me doy cuenta –respondió Firmino.

El señor Manuel enfiló por una carretera sin asfaltar de la que se elevaba una nube de polvo tras el automóvil. La carretera terminaba en una era, con una casa colonial construida a la manera antigua. Bajo el pórtico había un anciano que les esperaba. El abogado descendió y lo abrazó. Firmino le estrechó la mano, el hombre murmuró «Bienvenido» y él comprendió que era el hermano de leche de Don Fernando. Entraron en una sala rústica con vigas de madera, donde había una mesa preparada para cinco personas. Firmino fue invitado a sentarse, el abogado desapareció en la cocina, precedido por el señor Jorge. Cuando volvieron sostenían ambos una copa de vino blanco, y la muchacha que les seguía llenó todos los vasos.

–Éste es el vino de la granja –explicó el abogado–, mi

hermano lo exporta al mercado exterior, pero esta botella no se comercializa, es sólo para consumo interno.

Hicieron un brindis y se sentaron a la mesa.

–Dile a tu mujer que venga –dijo el abogado al señor Jorge.

–Ya sabes que le da vergüenza –replicó el señor Jorge–, prefiere cenar en la cocina con la muchacha, dice que es una conversación entre hombres.

–Dile a tu mujer que venga –repitió Don Fernando en tono autoritario–, quiero que se siente a la mesa con nosotros.

La mujer entró con una bandeja de barro, saludó y se sentó en silencio.

–Asado –explicó el señor Jorge al abogado, como si se justificara–, siempre llamas en el último momento, es lo único que hemos podido preparar, el cerdo no es de los nuestros, pero es de confianza.

Durante la cena no dijeron nada, o pocas cosas. El tiempo, aquel calor húmedo, el tráfico que se había vuelto imposible: cosas así. El señor Manuel se dejó llevar por una ocurrencia y dijo:

–¡Ah, querido Jorge, ojalá pudiera tener en mi restaurante un cocinero como el suyo!

–Mi cocinero es mi mujer –respondió con sencillez el señor Jorge.

La conversación terminó ahí. La muchacha que había servido el vino volvió de la cocina y trajo el café.

–Es la nieta de Joaquim –dijo el señor Jorge, dirigiéndose a Don Fernando–, está más con nosotros que en su casa, ¿te acuerdas de Joaquim?, antes de morir sufrió mucho.

El abogado asintió y no respondió. El señor Jorge destapó una botella de aguardiente y sirvió una ronda en los vasos.

–Fernando –dijo–, Manuel y yo nos quedamos en la mesa charlando, tenemos muchas cosas que contarnos sobre automóviles antiguos, si quieres llevar a tu invitado a ver los caballos, ve con toda tranquilidad.

El abogado se levantó con el vaso de aguardiente en la mano y Firmino le siguió fuera de la casa. La noche era estrellada y el cielo de una luminosidad extraordinaria. Por detrás de la colina surgía el resplandor de las luces de Oporto. El abogado avanzó unos pasos por la era con Firmino a su lado. Levantó un brazo e hizo un gesto circular siguiendo la circunferencia de la era.

–Membrillos –dijo–, aquí alrededor antaño había membrillos. Bajo ellos pastaban los cerdos, porque muchos frutos caían al suelo. Mena hacía la mermelada en una olla ennegrecida, la ponía a hervir en el hogar.

Más allá de la era se veían los perfiles oscuros de los establos y los pajares. El abogado se dirigió hacia allí con su paso incierto.

–¿El nombre de Artur London le dice algo? –murmuró.

Firmino reflexionó un instante. Siempre tenía miedo de equivocarse al responder a aquellas preguntas imprevisibles que le hacía el abogado.

–¿No era aquel dirigente político checoslovaco que fue torturado por los comunistas de su país? –respondió.

–Para que confesara en falso –añadió el abogado–, escribió un libro al respecto, se llama *La confesión.*

–He visto la película –declaró Firmino.

–Es lo mismo –murmuró el abogado–, los nombres de sus principales verdugos son Kohoutek y Smola, ésos son sus nombres exactos.

Abrió la puerta del establo y entró. Había tres caballos, y uno de ellos respingó como si estuviera asustado. Sobre la puerta había una luz azulada como la de los trenes. El abogado se sentó pesadamente sobre un cubo de paja prensada y Firmino siguió su ejemplo.

–Me gusta este olor –dijo Don Fernando–, cuando me siento deprimido vengo aquí, respiro este olor y miro los caballos.

Se dio un golpecito sobre su enorme vientre.

–Creo que para un hombre como yo, con un físico tan deforme y repelente, contemplar la belleza de un caballo es una especie de consuelo, da confianza en la naturaleza. A propósito, ¿el nombre de Henri Alleg le dice algo?

Firmino se sintió de nuevo cogido por sorpresa. Sacudió simplemente la cabeza en la oscuridad y prefirió no responder.

–Lástima –dijo el abogado–, era un colega suyo, un periodista, escribió un libro que se llama *La cuestión,* en el que cuenta cómo en mil novecientos cincuenta y siete, acusado por las fuerzas armadas francesas de ser comunista y filoargelino, él, europeo y francés, fue torturado en Argel para que revelara los nombres de otros miembros de la resistencia. Recapitulando: London fue torturado por los comunistas; Alleg fue torturado porque era comunista. Lo que nos confirma que la tortura puede venir de cualquier parte, ése es el verdadero problema.

Firmino no respondió. Un caballo relinchó de repente, con un grito que a Firmino le pareció inquietante.

–El verdugo de Alleg se llamaba Charbonnier –susurró el abogado–, era subteniente de paracaidistas, Charbonnier, era él quien le aplicaba las descargas eléctricas en los testículos, tengo la manía de memorizar los nombres de los torturadores, no sé, pero tengo la impresión de que memorizar los nombres de los torturadores tiene un sentido, y ¿sabe por qué?, porque la tortura es una responsabilidad individual, la obediencia a una orden superior no es tolerable, demasiada gente se ha escondido tras esta miserable justificación, haciéndose un escudo legal de ella, ¿entiende?, se esconden detrás de la Grundnorm.

Dio un enorme suspiro y un caballo respondió con un respingo de fastidio.

–Hace muchos años, cuando era un joven lleno de entusiasmo y cuando creía que escribir servía para algo, se me metió en la cabeza escribir sobre la tortura. Volvía de Ginebra, entonces Portugal era un país totalitario dominado por una policía política que sabía cómo arrancar una confesión a la gente, no sé si me explico. Tenía bastante material autóctono para estudiar completamente a mi disposición, la Inquisición portuguesa, y empecé a frecuentar los archivos de la Torre do Tombo. Le aseguro que los refinados métodos de los verdugos que han torturado a la gente durante siglos en nuestro país tienen un interés muy especial, tan atentos a la musculatura del cuerpo humano que fue estudiada por el noble Vesalio, a las reacciones a las que pueden responder los nervios principales que atraviesan nuestros miembros, nuestros pobres genitales, un perfecto conocimiento anatómico, todo ello hecho en nombre de una Grundnorm que no puede ser más Grundnorm, la Norma Básica, ¿comprende?

–¿O sea? –preguntó Firmino.

–Dios –respondió el abogado–. Aquellos diligentes y refinadísimos verdugos trabajaban en nombre de Dios, de quien habían recibido la orden superior; el concepto es básicamente el mismo: yo no soy responsable, soy un humilde sargento y me lo ha ordenado mi capitán; yo no soy responsable, soy un humilde capitán y me lo ha ordenado mi general; o bien el Estado. O bien: Dios. Es más incontrovertible.

–¿Y no escribió nada después? –preguntó Firmino.

–Renuncié.

–¿Por qué? –preguntó Firmino–, perdóneme si se lo pregunto.

–Quién sabe –respondió Don Fernando–, quizás me

187

pareció inútil escribir contra la Grundnorm; por otro lado, leí un ensayo sobre la tortura de cierto alemán lleno de petulancia, y eso me disuadió.

–Perdóneme la pregunta, pero ¿es que usted sólo lee a autores alemanes?

–Principalmente –respondió Don Fernando–, quizás es la cultura a la que pertenezco de verdad, aunque haya crecido en Portugal, es la primera lengua en la que aprendí a expresarme. El autor de ese ensayo se llamaba Alexander Mitscherlich, es un psicoanalista, por desgracia de estos problemas han empezado a ocuparse incluso los psicoanalistas, ¿sabe?, presentaba la imagen de Cristo crucificado afirmando que es una imagen asociada a nuestra cultura y, de algún modo, utilizándola para sostener que si la muerte en sí no constituye en el Inconsciente un castigo suficiente, bueno, la conclusión práctica es: no nos hagamos ilusiones, la tortura no desaparecerá nunca, porque no podemos suprimir las pulsiones destructivas del hombre. Para decirlo brevemente, resignémonos, porque *l'homme est méchant.* Y ya está, eso es lo que quería decir ese idiota con todas sus teorías freudianas: el hombre es malo. Por eso tomé otra decisión.

–¿Es decir? –preguntó Firmino.

–Pasar a la acción práctica –respondió Don Fernando–, es más humilde, ir al tribunal a defender a aquellos que sufren semejantes tratos. No sabría decirle si es más útil escribir un tratado de agricultura o romper terrones con una azada como un campesino. He hablado de humildad, pero no me crea demasiado, en el fondo la mía es sobre todo una postura de soberbia.

–¿Por qué me cuenta todo esto? –preguntó Firmino.

–Damasceno Monteiro fue torturado –murmuró el abogado–, tiene señales de quemaduras de cigarrillo por todo el cuerpo.

–¿Cómo lo sabe? –preguntó Firmino.

–He pedido una segunda autopsia –dijo Don Fernando–, la primera autopsia se olvidó de mencionar este detalle insignificante.

Respiró profundamente con un gorgoteo de asmático.

–Salgamos –dijo–, necesito aire. Pero mientras tanto escriba acerca de ello en su periódico, obviamente la fuente es desconocida, pero hágalo saber de inmediato a la opinión pública; dentro de dos o tres días es posible que hablemos del llamado secreto del sumario de los interrogatorios en curso, pero cada cosa a su tiempo.

Salieron a la era. Don Fernando levantó la cabeza y miró la bóveda celeste.

–Millones de estrellas –dijo–, millones de nebulosas, coño, millones de nebulosas, y nosotros aquí, ocupándonos de electrodos que nos aplican a los genitales.

17

Dona Rosa estaba preparando el café sentada en una pequeña butaca del saloncito. Eran las diez de la mañana. Firmino sabía que tenía una expresión de aturdimiento, a pesar de la ducha tibia de un cuarto de hora con la que había intentado despertarse.

–Mi querido joven –dijo cordialmente Dona Rosa–, venga a tomar un café conmigo, no consigo verle nunca.

–Ayer estuve en el jardín botánico –se justificó Firmino–, pasé allí todo el día.

–¿Y anteayer? –preguntó Dona Rosa.

–En el museo, y después en el cine, daban una película que me perdí en Lisboa –respondió Firmino.

–¿Y el día anterior? –insistió con una sonrisa Dona Rosa.

–Con el abogado –dijo Firmino–, por la noche me llevó a cenar al campo, en una granja de su propiedad.

–Ya no es de su propiedad –puntualizó Dona Rosa.

–Me lo dijo –respondió Firmino.

–Y en el jardín botánico –preguntó Dona Rosa–, ¿qué encontró de interesante?, yo nunca he estado allí, vivo entre estas cuatro paredes.

–Un drago centenario –respondió Firmino–, es un árbol tropical enorme, en Portugal hay poquísimos ejemplares, parece que lo plantó Salabert en el diecinueve.

–Usted sabe tantas cosas, mi querido muchacho –exclamó Dona Rosa–, claro que para hacer el trabajo que usted hace se requiere cultura; y cuénteme, ¿quién era ese señor de nombre extranjero que plantó el árbol?

–No es que sepa mucho al respecto –respondió Firmino–, lo leí en la guía, era un francés que llegó a Oporto con las invasiones napoleónicas, creo que era un oficial del ejército francés, era un apasionado de la botánica, fue él quien fundó el jardín botánico de Oporto.

–Los franceses son gente de cultura –dijo Dona Rosa–, la revolución republicana la hicieron mucho antes que nosotros.

–A nosotros nos llegó la República en mil novecientos diez –respondió Firmino–, cada país tiene su propia historia.

–Ayer, en el *Hola,* estuve mirando un reportaje sobre las monarquías del norte de Europa –dijo Dona Rosa–, ésa sí que es gente como Dios manda, tienen otro estilo.

–Incluso participaron en la resistencia contra los nazis –dijo Firmino.

192

Dona Rosa emitió una pequeña exclamación de sorpresa.

–Eso no lo sabía –murmuró–, se ve que es gente como Dios manda.

Firmino terminó de beber su café, se levantó y se disculpó diciendo que tenía que salir a comprar los periódicos. Dona Rosa, con expresión radiante, le señaló un fajo de periódicos que estaba sobre el sofá.

–Ya están todos aquí –dijo–, bien fresquitos, Francisca ha ido a comprarlos a las ocho, es un gran escándalo, habla de ello toda la prensa, Titânio se ha encontrado con un hueso duro de roer, si no llega a ser por vosotros los periodistas, la policía no habría ido nunca a ese local, por fortuna está la prensa.

–Modestamente, se hace lo que se puede –respondió Firmino.

–El abogado ha llamado a las nueve –le informó Dona Rosa–, tiene que hablar con usted, en realidad me ha dejado encargada de todo, pero creo que será mejor que hable antes con él.

–Voy a verle ahora mismo –respondió Firmino.

–No me parece lo más apropiado –puntualizó Dona Rosa–, el abogado no puede recibirle hoy, tiene una de sus crisis.

–¿Qué crisis?

–Todos podemos tener nuestras crisis –dijo dulcemente Dona Rosa–, por eso no me parece apropiado que vaya usted a molestarlo, pero no se preocupe, ha dicho que volverá a llamarle y le dará todas las instrucciones, de momento se trata de que tenga un poco de paciencia.

–Sí –dijo Firmino–, paciencia ya tengo, pero me hubiera gustado dar un paseo, quizás hasta el Café Central.

–Ya entiendo, usted lo que necesita en un buen café cargado –dijo amorosamente Dona Rosa–, este café que Francisca prepara por la mañana está lleno de achicoria, usted necesita un buen expresso, hago que se lo traigan, usted quédese aquí y mientras tanto lea todas estas bonitas noticias sobre ese local nocturno, y dentro de poco veremos en la televisión un reportaje sobre la naturaleza, no sé si lo habrá visto alguna vez, es un programa que a mí me fascina, lo hace un científico muy simpático de la Universidad del Algarve, parece que el Algarve es uno de los pocos lugares de Europa en el que el camaleón ha conseguido sobrevivir, lo he leído en la página de televisión.

–En mi opinión, los camaleones consiguen sobrevivir en todas partes –dijo en broma Firmino–, les basta con cambiar de color.

–Me ha quitado las palabras de la boca –dijo con una risita Dona Rosa–, usted debe entender mucho más que yo de esa clase de camaleones, dado el trabajo que tiene, yo estoy encerrada entre estas cuatro paredes, pero créame, también conozco algún que otro camaleón, sobre todo en esta ciudad.

En la pantalla de televisión se veía una laguna con una playa blanca y dunas irregulares. Firmino pensó en Tavira, y quizás fueran de verdad sus alrededores. Después se vio un chiringuito en la playa que era un restaurante, con unas cuantas mesas de plástico y gente que comía berberechos, personas rubias, de aspecto extranjero. La cámara de televisión enfocó a una chica cuyo rostro estaba lleno de pecas y a la que le preguntaron qué pensaba de aquel lugar. La muchacha contestó en inglés y en la pantalla apareció la traducción en subtítulos. Decía que aquella playa era un verdadero paraíso para alguien como ella, que venía de Noruega, el pescado era formidable y una comida a base de marisco costaba lo mismo que dos cafés en Noruega, pero el motivo principal por el que estaba comiendo en aquel chiringuito era Fernando Pessoa, y señalaba con el índice una rama de la pérgola que recubría el restaurante. El objetivo se desplazaba por la rama y se veía en primer plano un lagarto inmóvil con grandes ojos movilísimos, que parecía formar parte del árbol. Era uno de los pobres camaleones supervivientes en el Algarve. El periodista de televisión preguntó a la muchacha noruega por qué a aquel animal le llamaban Fernando Pessoa, y ella respondió que no había leído nada nunca de ese poeta, pero que sabía que era el hombre de las mil máscaras y que, como los camaleones, se mimetizaba en cada una de sus transformaciones y por eso el propietario del restaurante le había puesto ese nombre. La cámara se movía hacia un cartel pintado a mano que remataba el chiringuito donde habían escrito: Camaleón Pessoa.

En ese momento sonó el teléfono y Dona Rosa con un gesto le indicó a Firmino que contestara.

–Tengo que decirle un par de cosas –dijo el abogado–, ¿tiene algo para escribir?

–Tengo mi cuaderno aquí –respondió Firmino.

–Se contradicen –dijo el abogado–, tome nota porque es importante. En la primera versión negaron haber llevado a Damasceno a la comisaría. Por desgracia eso ha sido desmentido por el testigo, quien, mira por dónde, los siguió con su coche. Ellos dijeron que le habían hecho bajar en la carretera; Torres, que los siguió a distancia con su coche hasta Oporto, sostiene que vio con sus propios ojos cómo Damasceno fue introducido a base de puñetazos y bofetadas en la comisaría. Segunda contradicción: han tenido que aceptar que llevaron a Monteiro a la comisaría solo para realizar un control, pero afirman que lo retuvieron poco tiempo, lo justo para los controles del caso, una media hora como mucho. Por tanto, suponiendo que hubieran entrado hacia las doce, sobre las doce y media Monteiro habría salido de la comisaría por su propio pie. ¿Me sigue?

–Le sigo –afirmó Firmino.

–Sólo que Torres –continuó el abogado–, que parece un tipo duro, sostiene que permaneció en el coche hasta las dos y que no vio salir a Damasceno Monteiro. ¿Me sigue?

196

–Le sigo –asintió Firmino.

–Por tanto –puntualizó el abogado–, por lo menos hasta las dos Monteiro permaneció en comisaría, después de lo cual Torres pensó que ya era hora de regresar a su casa y se marchó. Y a partir de ese momento las cosas se vuelven más confusas, por ejemplo el agente de guardia que debía anotar las entradas en la comisaría en aquellos momentos dormía como un angelito, con la mejilla apoyada en el escritorio; cierto café que el Grillo Verde bajó a preparar a la cocina, haciéndose ayudar por otro agente, cosas de este tipo, hasta que han podido preparar una declaración un poco más lógica, que es la definitiva, la que el Grillo Verde usará seguramente en el juicio. Pero esa versión no seré yo quien se la dé.

–¿Y quién me la dará?

–Se la dará directamente Titânio Silva –respondió el abogado–, estoy convencido de que ésa es su última versión y también estoy convencido de que ésa será la que utilice en el juicio, pero es una declaración que sería mejor recoger de viva voz.

Firmino oyó a través del auricular una especie de estertor y algunos golpes de tos.

–Tengo un ataque de asma –explicó con un silbido en la voz el abogado–, las mías son crisis de asma psicosomática, los grillos tienen un polvillo bajo las alas que me provoca asma.

–¿Qué tengo que hacer? –preguntó Firmino.

—Le prometí que hablaríamos de ética profesional —replicó el abogado—, considere esta llamada como la primera lección práctica. Mientras tanto, usted deje bien claras en su periódico las contradicciones de estos señores, es bueno que la opinión pública se vaya haciendo una idea, y en cuanto a la última versión, entreviste al Grillo Verde, seguro que él cree que concediendo una entrevista se cubrirá las espaldas, pero también nosotros nos cubriremos las espaldas, cada uno hace su juego, como en el *Milligan*, ¿conforme?

18

«Nos encontramos en el Antártico, conocida heladería de la desembocadura del Duero, frente al maravilloso estuario del río que atraviesa Oporto. Ha aceptado hablar con nosotros un personaje que está en el punto de mira de la opinión pública y sobre quien pesan, según algunas declaraciones, graves acusaciones por la muerte de Damasceno Monteiro, el sargento Titânio Silva, de la Guardia Nacional de esta localidad. Ofrecemos un breve retrato del personaje: cincuenta y cuatro años, natural de Felgueiras, de origen modesto, academia militar en Mafra, combatiente en Angola desde 1970 a 1973, una distinción honorífica al valor por los servicios prestados en África, desde hace más de diez años sargento en expectativa de ascenso en la comisaría de la Guardia Nacional de Oporto.

–Sargento, ¿está de acuerdo usted con el breve retrato que hemos reseñado? ¿Es usted un héroe de la guerra de África?

–Yo no me considero un héroe, sólo cumplí con mi deber por mi patria y mi bandera. A decir verdad, cuando fui a Angola no conocía ni siquiera su geografía. Digamos que en nuestros territorios de ultramar adquirí mi conciencia nacional.

–Quiere definirnos mejor su concepto de conciencia nacional?

–Lo digo en el sentido de que tomé conciencia de que estaba combatiendo a los subversivos que se oponían a nuestra civilización.

–Con la palabra civilización, ¿a qué se refiere?

–A la portuguesa, porque la nuestra es la civilización portuguesa.

–Y, con la palabra subversivos, ¿a quién se esté refiriendo?

–A los negros que disparaban contra nosotros porque se lo decían algunos como ese Amílcar Cabral. Tomé conciencia de defender aquellos territorios que eran nuestros desde la noche de los tiempos, cuando en Angola no había ni cultura ni cristianismo, cosas que llevamos nosotros allí.

–Y después, con su condecoración, regresa usted al continente y hace carrera en el cuerpo de policía de Oporto.

–No es así exactamente, primero me asignaron a las

afueras de Lisboa, porque debido a que nosotros habíamos perdido la guerra, era necesario ocuparse de todos los desocupados que volvían de África, los *retornados*.

–¿A quién se refiere con nosotros? ¿Quién había perdido la guerra?

–Nosotros, Portugal.

–Y con esas personas que volvían de las antiguas colonias, ¿cómo iba la cosa?

–Había muchos problemas, porque tenían la pretensión de alojarse en grandes hoteles. Incluso hubo manifestaciones en las que lanzaban piedras a la policía: en lugar de quedarse a defender Angola fusil en mano, llegaban a Lisboa y pretendían un alojamiento de lujo.

–¿Y cómo prosigue su carrera?

–Después fui trasladado a Oporto. Pero me destinaron antes a Villa Nova de Gaia, primero estuve allí.

–Y, por lo que se dice, en Gaia hizo algunas amistades.

–¿Qué quiere decir?

–Hemos oído hablar de amistades con empresas de importación y exportación.

–Me parece que está usted insinuando algo. Si quiere hacer acusaciones concretas dígamelo explícitamente y yo le llevo ante los tribunales, porque los periodistas os merecéis eso justamente, que os lleven a los tribunales.

–No, sargento, no se sulfure. Sólo le refiero rumores que uno oye por ahí. Sin embargo, nos consta que usted conocía la Stones of Portugal. ¿O ésta es también una insinuación? La pregunta es: ¿Conocía usted la Stones of Portugal?

—La conozco como conozco todas las empresas de los alrededores de Oporto y sabía que necesitaba protección.

—¿Por qué? ¿Le consta que estuviera amenazada?

—Sí y no, aunque el propietario no se había quejado explícitamente. Sin embargo, sabíamos que requería ser vigilada porque importaba materiales de alta tecnología, material apetitoso, cosa de millones.

—Nos han dicho que en algunos de los contenedores de alta tecnología llegaban también clandestinamente otras mercancías. ¿Estaba usted al corriente?

—No sé qué quiere decir.

—Droga, heroína pura.

—Si así hubiera sido, lo habríamos sabido, porque tenemos muy buenos informadores.

—Por tanto, usted no tiene constancia de que en los contenedores de la Stones of Portugal llegaba droga desde Hong Kong.

—No me consta. Nuestra ciudad no necesita drogas, es una ciudad sana. A nosotros nos gustan sobre todo los callos.

—Y, sin embargo, hemos leído en la prensa nacional que aquí en Oporto hay un local donde se trafica con droga, y parece que usted es el propietario del mismo.

—Ésa es una insinuación que rechazo con firmeza. Si se refiere usted al Puccini's, puedo asegurarle que se trata de un local frecuentado por gente distinguida y que no me per-

tenece, pertenece a mi cuñada, como consta en el Ayuntamiento.

–Pero se dice que usted trabaja allí.

–Algunas veces voy a echar una mano con la contabilidad. Soy muy bueno con los números, hice un curso de
administración.

–Pero, volviendo a la Stones of Portugal, parece que
aquella noche usted estaba haciendo la ronda con su patrulla en aquella zona, ¿qué puede explicarnos?

–Llegamos con las luces de posición, no recuerdo la
hora exacta, pero debía de ser en torno a las doce, se trataba sólo de una visita rutinaria.

–¿Y por qué esa visita rutinaria?

–Porque, como ya le he dicho, la Stones importaba
material de alta tecnología, que es muy tentador para los
bribones, y nuestro deber es protegerla.

–¿Y después?

–Aparcamos el coche fuera de la verja y entramos. La
luz de la oficina estaba encendida. Yo entré primero y encontré a Damasceno Monteiro en flagrante delito.

–Explíquese mejor.

–Estaba de pie ante el escritorio y tenía en la mano
material tecnológico que sin duda había robado.

–¿Sólo material tecnológico?

–Sólo material tecnológico.

–¿Acaso no tenía también en la mano unas bolsas llenas de polvo?

—Yo soy un policía, una autoridad del Estado, ¿quiere poner en duda mis palabras?

—¡Por Dios! ¿Y qué sucedió después?

—Arrestamos inmediatamente al sujeto, que a continuación fue identificado como Monteiro. Lo hicimos subir al coche y lo llevamos a la comisaría.

—En este momento surge una primera contradicción. Por lo que se desprende de su primera declaración, ustedes manifestaron que lo hicieron bajar durante el trayecto.

—¿Quién le ha dicho eso?

—Digamos que los juzgados están llenos de topos: a veces un dactilógrafo, a veces una telefonista, incluso una simple mujer de la limpieza, pero es un detalle insignificante, lo importante es que en su primer interrogatorio ante el juez instructor sostuvieron que Damasceno Monteiro no fue llevado a la comisaría, sino que se le hizo bajar durante el trayecto.

—Ésa es una equivocación que me he encargado de rectificar personalmente. Fue un malentendido de un compañero mío, el agente Ferro.

—¿Puede explicarnos mejor esa equivocación?

—La patrulla estaba compuesta por dos coches. En el mío llevábamos a Monteiro. El otro coche, conducido por otro compañero, en el cual viajaba el agente Ferro, nos seguía. En cierto momento nos detuvimos y al agente le pareció ver que Monteiro descendía, pero se equivocó. ¿Sabe?, el agente Ferro es un recluta, un chico joven, y se duerme fácilmente en el coche. Simplemente, se equivocó.

–Pero usted, ante el juez instructor, no desmintió de inmediato al agente Ferro.

–Lo desmentí después, cuando leí bien su declaración.

–¿No es más cierto que la desmintió porque el testigo, el señor Torres, declaró que los siguió con su automóvil y que vio con sus propios ojos a su amigo Damasceno Monteiro entrar en la comisaría a base de puñetazos y patadas?

–¿A base de puñetazos y patadas?

–Eso es lo que afirma el testigo.

–Mi querido señor, nosotros no tratamos a la gente a puñetazos ni a patadas. Escríbalo claramente en su periódico: nosotros respetamos a los ciudadanos.

–Dejamos constancia de que la Guardia Nacional es muy correcta. Pero ¿querría describirnos los acontecimientos de aquella noche?

–Muy simple, subimos al piso de arriba, donde están las oficinas y la celda de seguridad, y procedimos a un primer interrogatorio del reo. Él parecía desesperado, y empezó a llorar.

–¿Lo tocaron ustedes?

–Explíquese.

–Si lo tocaron físicamente.

–Nosotros no tocamos a nadie, señor mío, porque respetamos las leyes y la Constitución, por si le interesa. Le diré que Monteiro estaba desesperado y se echó a llorar, nosotros incluso intentamos consolarlo.

—¿Intentaron consolarlo?

—Era un pobrecillo, un desgraciado, invocaba a su madre y decía que su padre era un alcohólico. En aquel momento estábamos sólo el agente Costa y yo, porque el otro agente se había ido al baño, así que le dije al agente Costa que bajara a la cocina de abajo a hacerle un café, porque aquel chico daba pena, créame, daba pena de verdad; el agente Costa bajó y dos minutos después me llamó desde las escaleras y me dijo: Señor sargento, baje porque la máquina no funciona, el café no sale. De modo que bajé yo también.

—¿Y dejaron solo a Monteiro?

—Por desgracia. Es ésa nuestra única culpa, porque de ese hecho asumimos toda la responsabilidad, para prepararle un café dejamos solo durante un momento a aquel muchacho desesperado y así ocurrió la desgracia.

—¿Qué desgracia? ¿Podría explicarse mejor?

—Oímos un disparo y corrimos hacia arriba. Monteiro yacía exánime en el suelo. Se había apoderado de una pistola que el otro agente había dejado distraídamente sobre la mesa y se había pegado un tiro en la sien.

—¿A quemarropa?

—Cuando uno se dispara un tiro en la sien, se lo dispara a quemarropa, ¿no le parece?

—Claro, era sólo para precisar un detalle técnico, es

evidente que un suicida se dispara a quemarropa. ¿Y qué más ocurrió?

−Pues que nos encontramos con aquel cadáver en el suelo. Y algo de este calibre, como usted podrá suponer, provoca un cierto pánico incluso entre los policías más acostumbrados a las miserias del mundo. Por otra parte, yo ya no podía más, estaba de servicio desde las ocho de la mañana, tenía forzosamente que volver a mi casa. Tenía forzosamente que ponerme una inyección de Sumigrene.

−¿De Sumigrene?

−Es una medicina americana que está en el mercado desde hace poco tiempo, es la única medicina que puede dar alivio cuando la migraña es insoportable. He aportado a los autos un certificado médico sobre las migrañas que padezco desde que en Angola estalló junto a mí una mina que me reventó el tímpano. Así que abandoné mi puesto, es la única culpa, si puede llamársele culpa, de la que debo responder ante los jueces, he abandonado mi puesto, yo, que en África en el campo de batalla nunca abandoné mi puesto.

−¿De modo que dejó el cuerpo de Damasceno Monteiro en el suelo?

−Así fueron las cosas. Pero no sé lo que hicieron mis compañeros.

−¿Quiénes eran?

−No quiero darle sus nombres. Se los di al juez instructor, ya aparecerán durante el juicio.

–¿Y el cuerpo de Damasceno Monteiro?

–¡Usted debe comprender la desorientación y la angustia de dos pobres agentes que se encuentran con un cadáver en el suelo de su comisaría! No los disculpo, pero puedo comprender que se lo llevaran.

–Pero eso es ocultación de cadáver.

–Ciertamente, le doy la razón, es ocultación de cadáver, pero, como ya le he dicho, debe usted comprender la angustia de dos simples agentes que se encuentran en una situación de ese tipo.

–El cuerpo de Damasceno Monteiro fue encontrado decapitado.

–Pueden pasar tantas cosas en los parques hoy en día...

–¿Quiere decir que cuando el cuerpo de Damasceno Monteiro fue sacado de la comisaría tenía todavía la cabeza sobre los hombros?

–Eso es algo que aclarará el juicio. Por lo que a mí respecta, puedo decirle que pondría la mano en el fuego por mis muchachos. Puedo asegurarle que mis agentes no son cortadores de cabezas.

–¿Quiere decir que en su opinión la cabeza de Damasceno Monteiro fue cortada en el parque?

–Hay mucha gente rara en los parques de la ciudad.

–Es difícil hacer ese trabajo en un parque: según la autopsia, la decapitación fue llevada a cabo de manera perfecta, como si hubiera sido hecha con un cuchillo eléctrico, y los cuchillos eléctricos necesitan ser enchufados a la corriente.

—Si lo dice por eso, hay cuchillos de carnicero que cortan mucho mejor que los cuchillos eléctricos.

—Nos consta por otra parte que el cuerpo de Damasceno Monteiro presentaba signos de tortura. Tenía quemaduras de cigarrillo en el pecho.

—Nosotros no fumamos, señor mío, escríbalo en su periódico. Nadie fuma en mis oficinas, es una regla que he impuesto, he hecho poner incluso los carteles de prohibición en las paredes. Además, ¿ha visto lo que el Estado ha decidido por fin escribir en los paquetes de cigarrillos? Que el tabaco perjudica seriamente la salud.»

19

–Felicidades, joven, ha hecho un buen trabajo.

El abogado estaba hundido en el sillón de debajo de la librería, aquella mañana en la habitación flotaba un insólito perfume fresco, entre la lavanda y el desodorante.

–Mire qué peste –dijo Don Fernando–, ha pasado la portera, ella no soporta los cigarros, yo no soporto sus sprays.

Firmino se fijó en que las cartas sobre la mesilla verde estaban todas descubiertas y en columna.

–¿Ha conseguido completar el solitario? –preguntó.

–Esta mañana lo he conseguido –respondió el abogado–, sucede de vez en cuando.

–Ese Titânio es un personaje repulsivo –observó Firmino–. Qué cosas dice y con qué cara más dura.

–¿Acaso se esperaba algo mejor? –preguntó el abogado–, es la versión que mantendrá ante los jueces, y con esas mismas palabras, porque obviamente Titânio posee un único nivel estilístico, sólo que los autos de los procesos no salen publicados en los periódicos, mientras que usted ha conseguido que los lectores sepan cómo habla el Grillo Verde. Y con esto tengo la impresión de que su tarea ha concluido.

–¿Ha acabado de verdad? –preguntó Firmino.

–Al menos por ahora –respondió el abogado–, toda la documentación ha sido recogida y la instrucción está cerrada, sólo resta esperar el juicio, que se realizará pronto, quizás antes de lo que usted se imagina, tal vez tengamos ocasión de volver a vernos durante el juicio, quién sabe.

–¿Cree usted que será algo rápido? –preguntó Firmino.

–En casos como éste hay dos posibilidades –respondió el abogado–, la primera es que aplacen el juicio hasta las calendas griegas dejándolo en el limbo de las marismas burocráticas, de manera que la gente se olvide, que acaso estalle un buen escándalo nacional o internacional en el que toda la prensa se concentre. La segunda es resolverlo en el menor plazo de tiempo posible, y yo creo que escogerán esta segunda vía, porque tienen que demostrar que la justicia es rápida y eficiente y que instituciones del Estado, es decir, la policía, son límpidas, transparentes y sobre todo democráticas. ¿Capta el concepto?

–Capto el concepto –respondió Firmino.

–Y además usted tiene una novia –continuó el abogado–, y a las novias no conviene dejarlas demasiado solas, porque si no se sumen en la melancolía, vaya a hacer el amor, es una de las mejores cosas que pueden hacerse a su edad.

Miró a Firmino con sus ojillos inquisitivos como si esperara una confirmación. Firmino sintió que enrojecía y asintió.

—Y luego está su estudio sobre la novela portuguesa de posguerra, ¿no?, también ésa es una tarea que le está esperando. Pase por la pensión de Dona Rosa y haga las maletas, si se apresura tiene un tren que sale a las dos y dieciocho, pero no es demasiado aconsejable, se detiene incluso en Espinho, el siguiente lo tiene a las tres y veinticuatro, y otro a las cuatro y doce, y otro a las seis y diez, puede comprobarlo usted mismo.

—Se sabe los horarios de memoria —dijo Firmino—, me da la impresión de que utiliza usted esa línea a menudo.

—Hace veinticinco años que no salgo de Oporto —respondió el abogado—, pero me gustan los horarios de trenes, encuentro que tienen cierto interés.

Se levantó y se dirigió a una de las estanterías laterales, donde había libros antiguos elegantemente encuadernados. Extrajo un delgado libro encuadernado en piel, con las cantoneras de plata, y se lo tendió a Firmino. En la primera página de las guardas, en una hoja de pergamino, estaba impreso el nombre del encuadernador y una fecha: «Taller Sampayo, Oporto, 1956». Firmino lo hojeó. La portada del volumen original, que el encuadernador había conservado, era de una cartulina barata amarillenta y desteñida y decía en francés, alemán e italiano: Horario de los Ferrocarriles Suizos. Firmino lo hojeó rápidamente y miró al abogado con expresión interrogante.

–Hace muchos años –dijo Don Fernando–, cuando estudiaba en Ginebra, compré este horario, era una edición conmemorativa de los Ferrocarriles Suizos, los ferrocarriles suizos tienen una puntualidad verdaderamente suiza, pero lo mejor es que consideran Zúrich el centro del mundo, por ejemplo, vaya a la página cuatro, después de la publicidad de los hoteles y los relojes.

Firmino buscó la página cuatro.

–Hay un mapa de Europa –dijo.

–Con todos los trayectos ferroviarios –añadió Don Fernando– marcados con números correlativos, y cada número remite a la línea de cada país europeo y a la página respectiva. Desde Zúrich se puede recorrer en tren toda Europa y los ferrocarriles suizos le indican todos los horarios de los enlaces. Por ejemplo, ¿le apetece ir a Budapest?, vaya a la página dieciséis.

Firmino buscó la página dieciséis.

–El tren para Viena parte de Zúrich a las nueve y quince del andén cuatro –dijo el abogado–, ¿me equivoco? El transbordo para Budapest, el mejor de ellos, que está señalado con un asterisco, es a las nueve de la noche, porque le permite coger el tren que procede de Venecia, el horario le indica los servicios del convoy, en este caso literas en compartimientos de cuatro personas, lo más barato, coche cama en compartimiento doble o individual, coche restaurante y servicio de bebidas por la noche. Pero si quiere continuar hasta Praga, que está en la página siguiente, no tiene más que escoger entre las distintas posibilidades que le ofrecen los ferrocarriles húngaros, ¿lo está comprobando?

–Lo estoy comprobando –dijo Firmino.

–¿Quiere visitar el gran Norte? –continuó Don Fernando–. Oslo, por ejemplo, la ciudad del sol de medianoche y del Premio Nobel de la Paz, página diecinueve, salida desde Zúrich a las doce y veintiuno del andén séptimo, el horario de los transbordadores disponibles se encuentra en una nota. O bien, ¿qué sé yo?, la Magna Grecia, el teatro griego de Siracusa, la antigua civilización mediterránea, para llegar hasta Siracusa vaya a la página veintiuno, la salida de Zúrich es a las once en punto, están indicados todos los enlaces posibles con los ferrocarriles italiano.

–¿Usted ha realizado todos esos viajes? –preguntó Firmino.

Don Fernando sonrió. Cogió un cigarro pero no lo encendió.

–Claro que no –respondió–, me he limitado simplemente a imaginármelos. Después he regresado a Oporto.

Firmino le tendió el volumen. Don Fernando lo cogió, le dio una rápida ojeada sin mirar de verdad y se lo tendió de nuevo.

–Me lo sé de memoria –dijo–, se lo regalo.

—Pero quizás le tiene usted aprecio —respondió Firmino sin saber qué decir.

—Oh —dijo Don Fernando—, todos esos trenes han dejado de funcionar, puntualísimas horas suizas que el tiempo ha engullido. Se lo regalo a usted como recuerdo de estos días que hemos pasado juntos y como un recuerdo personal mío, si no es una presunción por mi parte pensar que a usted le apetezca tener un recuerdo de mi persona.

—Me lo quedaré de recuerdo —respondió Firmino—. Perdóneme, abogado, quisiera ir a buscar una cosa, vuelvo dentro de diez minutos.

—Deje la puerta entreabierta —dijo el abogado—, no me haga levantar para pulsar el botón.

Firmino volvió con un paquete bajo el brazo, lo desenvolvió con cuidado y dejó la botella sobre la mesita.

—Antes de partir quisiera brindar con usted —explicó—, por desgracia la botella no está fría.

—Champán —observó Don Fernando—, le habrá costado un ojo de la cara.

—La he cargado en la cuenta del periódico —confesó Firmino.

—Retiro los cargos —dijo Don Fernando.

—Con todas las ediciones especiales que han hecho gracias a nuestros artículos, me parece que lo mínimo es que el periódico nos invite a una botella de champán –dijo Firmino.

–Sus artículos –puntualizó Don Fernando cogiendo las copas–, sus artículos.

–Bueno –murmuró Firmino.

Levantaron las copas en señal de brindis.

–Propongo brindar por el éxito del proceso –dijo Firmino. Don Fernando bebió un sorbo y no respondió.

–No se haga demasiadas ilusiones, joven –dijo posando la copa–, será un tribunal militar, me juego lo que quiera.

–Pero eso es absurdo –exclamó Firmino.

–Es la lógica de los códigos –respondió tranquilamente el abogado–, la Guardia Nacional es un cuerpo militar, haré lo posible por recusar esa lógica, pero no abrigo demasiadas esperanzas.

–Pero se trata de un homicidio brutal –dijo Firmino–, de tortura, de turbios manejos, de corrupción, no se trata en modo alguno de un episodio bélico.

–Ya –murmuró el abogado–, ¿y cómo se llama su novia?

–Catarina –respondió Firmino.

–Es un nombre muy bonito –dijo el abogado–, ¿y a qué se dedica?

–Por ahora ha hecho una oposiciones para la biblioteca municipal, es licenciada en biblioteconomía, pero todavía no le han contestado.

–Trabajar con libros es un buen trabajo –murmuró el abogado.

Firmino llenó de nuevo las copas. Bebieron en silencio. Firmino cogió el libro encuadernado y se levantó.

–Me parece que ya es hora de que me vaya –dijo.

Se intercambiaron un rápido apretón de manos.

–Preséntele mis respetos a Dona Rosa –le gritó por detrás Don Fernando.

Firmino salió a Rua das Flores. Se había alzado un vientecillo fresco, casi punzante. El aire era limpidísimo. Notó que sobre las hojas de los plátanos se estaban dibujando imperceptibles manchas de color amarillo. Era la primera señal del otoño.

20

De aquella jornada Firmino habría de recordar después sobre todo las sensaciones físicas, concretas y a la vez casi extrañas, como si no le concernieran, como si una película protectora lo aislara en una especie de duermevela en la cual las informaciones de los sentidos son registradas por la conciencia, pero el cerebro no es capaz de elaborarlas racionalmente y permanecen fluctuando como vagos estados de ánimo: aquella mañana de niebla de finales de diciembre en que bajó aterido de frío en la estación de Oporto, los pequeños trenes de cercanías que descargaban los primeros viajeros de la periferia con el sueño dibujado en sus caras, el viaje en taxi a través de la ciudad húmeda, de ásperos edificios, que le pareció lúgubre. Y después la llegada al Palacio de Justicia, las formalidades burocráticas para entrar, las estúpidas objeciones del policía de la entrada que lo registró y que no lo quería dejar pasar con la grabadora, el carné de periodista que al final fue convincente, la entrada en la pequeña sala en la que todos los asientos estaban ya ocupados. Se preguntó por qué habrían elegido una sala tan pequeña para un juicio tan importante, y sabía la respuesta, obviamente, y sin embargo no logró formulársela a sí mismo, simplemente tomó nota en aquel estado de sensaciones agudísimas y atenuadas a la vez en que se hallaba.

Encontró un sitio en la tarima reservada para la prensa y delimitada por una baranda de madera que se apoyaba en oscuras columnitas panzudas. Se esperaba una multitud de reporteros, fotógrafos, flashes. Nada de eso. Reconoció a dos o tres colegas con los cuales intercambió un rápido gesto de saludo y después vio a algunos periodistas desconocidos que posiblemente se ocupaban de la sección de sucesos. Comprendió que muchos periódicos publicarían su crónica sirviéndose de las notas de agencias. Vio sentados en primera fila a los padres de Damasceno Monteiro. La madre iba embutida en un abrigo gris, llevaba en la mano un pañuelo arrugado y de vez en cuando se secaba los ojos. El padre vestía un inverosímil chaquetón a cuadros negros y rojos, de estilo americano. A la derecha, en la mesa de los abogados, vio a Don Fernando. Había dejado la toga sobre la mesa y estaba estudiando unos papeles. Llevaba una americana negra y en el cuello una corbata de lazo blanca. Tenía unas profundas ojeras y su grueso labio inferior colgaba más de lo habitual. Entre los dedos de la mano izquierda hacía girar un cigarro apagado. Leonel Torres estaba casi acurrucado en su asiento, con una expresión asustada. Junto a él se sentaba una chica rubia y grácil que debía de ser su mujer. El sargento Titânio Silva estaba sentado junto a los otros dos agentes imputados. Los agentes iban de uniforme, Titânio Silva, de civil, estaba elegantísimo, con un traje de rayas y una corbata de seda. Tenía el pelo reluciente de brillantina.

El tribunal entró y dio comienzo el proceso. Firmino pensó en encender la grabadora, pero al final renunció a ello, la sala no tenía buena acústica, él estaba demasiado lejos y sin duda la grabación hubiera quedado mal. Era mejor tomar apuntes. Sacó el cuaderno y escribió: La cabeza perdida de Damasceno Monteiro. Y después ya no escribió nada más, se limitó a escuchar. No escribió nada más porque todo aquello que se estaba diciendo ya lo sabía. La lectura de la declaración del hallazgo del cadáver por parte de Manolo el Gitano, el testimonio del pescador que había capturado la cabeza con los anzuelos de las lochas, el informe de las dos autopsias. Y cuanto dijo el testigo Leonel Torres, aun esto lo sabía ya, porque el tribunal le preguntó simplemente si se reafirmaba en lo que había declarado durante la instrucción, y Torres se reafirmó. Y cuando le llegó el turno a Titânio Silva, él también lo confirmó. Su cabellera azabache relucía, su bigotito delgado acompañaba los movimientos de sus delgados labios: claro, la primera declaración efectuada durante la fase de instrucción era fruto de una equivocación, porque el agente que viajaba en el coche tenía sueño, un sueño terrible, po-brecito, además estaba de servicio desde las seis de la ma-ñana y sólo tenía veinte años, y a los veinte años el cuerpo necesita dormir; sí, efectivamente, habían llevado a Mon-teiro a comisaría, era un hombre que estaba destrozado, un hombre desesperado, se había echado a llorar como un niño, era un pequeño malhechor, pero incluso los malhe-chores dan pena, y él había bajado con otro agente a la co-cina para prepararle un café. El presidente observó que le parecían excesivas dos personas para hacer un café. Bueno, eso es verdad, o mejor podría ser verdad, decían con des-envoltura los labios de Titânio Silva en una especie de su-surro confidencial, pero entonces sería necesario hablar del mobiliario con que el Estado dotaba a las comisarías y él no se sentía capaz de criticar al Estado, él comprendía las necesidades del Estado, los escasos fondos a disposición del ministerio competente, pero aquella maquinita forma-ba parte de una dotación de nueve años atrás, si el tribu-nal quería comprobarlo la oficina de contabilidad de la comisaría tenía las facturas en el archivo, y como es com-prensible una máquina de café con nueve años de antigüe-dad no funciona perfectamente, hay que trajinar con ella, hay que levantar el gas o bajar el gas, y así, mientras él tra-jinaba con el agente joven alrededor de la maquinita para llevar un café al pobre Monteiro, habían oído un disparo. Habían corrido hacia arriba, Monteiro yacía exánime junto al escritorio con una pistola en la mano, la pistola reglamentaria del recluta Ferro, que la había dejado distraídamente sobre el escritorio. Sí, porque un agente no es un autómata e incluso un agente puede olvidar su pistola sobre el escritorio.

De lo que siguió, Firmino sólo consiguió memorizar alguna frase dispersa. Intentaba prestar toda la atención posible, pero su mente, como privada de control, vagaba por su cuenta y le llevaba hacia atrás, fuera de aquella sala que le parecía absurda, sin lógica temporal alguna se encontró frente a una cabeza cortada posada en un plato, y luego en un campamento de gitanos en un sofocante día de agosto, en un jardín botánico delante de un centenario árbol exótico plantado por un teniente de Napoleón. Y en aquel momento se discutió sobre las migrañas de Titânio Silva, de esta parte Firmino cogió algunos retazos, la presentación de un certificado médico que constataba que el sargento Silva sufría terribles migrañas derivadas de las lesiones en un tímpano causadas por el estallido de una mina que había hecho explosión a su lado en Angola, hecho por el cual, sin embargo, él no había reclamado nunca una pensión del Estado, y a causa de cuyas molestias había tenido que regresar a su casa para ponerse una inyección de Sumigrene, dejando el cadáver de Monteiro en el suelo, tras lo cual los dos agentes empezaron a balbucear que sí, efectivamente ahora lo entendían, ahora se daban cuenta de que podían ser acusados por ocultación de cadáver, pero aquella noche ellos no habían pensado en el código

223

penal, por otro lado ellos no conocían demasiado bien el código penal, estaban angustiados de tal modo y de tal modo impresionados, que se habían llevado el cuerpo y lo habían dejado en el parque municipal. A las preguntas sobre las quemaduras de cigarrillo en el cadáver de Monteiro se encargó de responder Titânio Silva. Y mientras Firmino escuchaba sus palabras, como atenuadas por una capa de algodón y a la vez tan agudas, se dio cuenta de que empezaba a sudar, como si le estuviera quemando un fuego, y entretanto los labios delgados de Titânio Silva explicaban ante el tribunal, con gran desenvoltura, que él había hecho colocar letreros con la inscripción de «Prohibido fumar», porque, como decían los científicos y como los estados civilizados hacían que apareciera por ley en los paquetes de cigarrillos, el tabaco provoca cáncer. Alguien, en la sala, se rió de forma estúpida, y curiosamente Firmino recibió aquella breve carcajada como una señal de demencia, se dio cuenta de que su mano tenía un ligero temblor y de manera mecánica escribió: carcajada. Y después el presidente preguntó a los abogados si, tras la intervención del ministerio fiscal, querían hacer alguna declaración previa; el abogado de la defensa se levantó, era un hombrecillo barrigudo y presuntuoso, afirmó que había algo que debía constar en los autos del proceso, una cuestión de principio, así mismo, de principio, su voz era seca y perentoria, Firmino intentó prestarle atención, pero, como en defensa de cierta integridad psicológica suya que sentía en peligro por aquellas palabras, consiguió sólo fijar en su cuaderno frases que le parecieron inconexas: comportamiento heroico en la guerra de África, medalla de bronce al valor militar, devoción a la bandera, elevado patriotismo, defensa de los valores, lucha contra la criminalidad, fidelidad al Estado. Y después hubo una pausa, seguro que fueron pocos segundos, aunque a Firmino le pareció un tiempo interminable, una especie de limbo durante el cual su imaginación lo transportó a una casa blanca en la costa de Cascais y al rostro de su padre, a un mar azul encrespado de olas blancas, a un Pinocho de madera con el cual un pequeño Firmino se bañaba en un terrado dentro de un barreño de zinc. El presidente dijo: La acusación tiene la palabra. Don Fernando se levantó, se puso indolentemente la toga, se acercó al estrado del tribunal y miró al público. Tenía un color amarillento. La carne de las mejillas le colgaba a ambos lados de la cara como las orejas de un basset-hound. Tenía en la mano su cigarro apagado, y con aquel cigarro apuntó hacia un punto del techo como si señalara algo concreto. «Empezaré con una pregunta que, en primer término, me dirijo a mí mismo», dijo Don Fernando: «¿Qué significa estar en contra de la muerte?»

En aquel momento Firmino pulsó la tecla de la grabadora.

El tren corría en la noche. Firmino contempló por la ventanilla un racimo de luces en la lejanía. Tal vez fuera Espinho. Se había situado en el vagón restaurante, que era, en realidad, un *self-service* con una salita al fondo. En la barra había un camarero con expresión de cansancio y un trapo en la mano. El camarero se le acercó.

–Buenas noches –dijo–, lo siento pero no se puede estar aquí sin consumir.

–Tráigame lo que quiera –dijo Firmino–, un café, por ejemplo.

–La máquina está apagada –dijo el camarero.

–Pues entonces un agua mineral.

–Lo siento –dijo el camarero–, pero no puede usted consumir nada porque el restaurante está cerrado.

–¿Pues entonces? –preguntó Firmino.

–No se puede estar aquí sin consumir nada –repitió el camarero–, pero usted no puede consumir nada.

–No entiendo esa lógica –rebatió Firmino.

–Ordenanzas de los Ferrocarriles –explicó plácidamente el camarero.

–Pero, entonces, ¿para qué está usted aquí? –preguntó con tacto Firmino.

–Tengo que hacer la limpieza, señor –respondió el camarero–, debería hacer sólo de camarero, porque ése es mi contrato, pero los Ferrocarriles me obligan a hacer también la limpieza, y por desgracia mi sindicato no me protege.

–De acuerdo –dijo Firmino–, mientras hace la limpieza déjeme quedarme aquí, no le molestaré, a lo mejor hasta nos hacemos compañía.

El camarero movió la cabeza en señal de comprensión y se alejó. Firmino cogió su bloc de notas y la grabadora. Pensó en cómo escribir un artículo sobre el juicio. No había tomado apuntes, pero para el desarrollo del mismo le bastaba con su memoria. En cuanto al parlamento de Don Fernando, lo tenía en aquel pequeño aparato, quizás la grabación era imperfecta, pero con un poco de esfuerzo la transcribiría. Por la ventanilla vio otras luces. ¿La Granja? Demonios, no se acordaba de si La Granja estaba antes o después de Espinho. La noche se cernía sobre los cristales. Firmino cogió la pluma y se dispuso a taquigrafiar. Pensó que uno a veces no se da cuenta de estas cosas, pero que todo en la vida puede ser útil, como por ejemplo su viejo curso de taquigrafía. Esperó ser todavía lo bastante rápido y apretó la tecla de reproducción.

La voz llegaba desde lejos. La grabación era muy defectuosa, la frase se perdía en el vacío.

«... repito, pregunta que, en primer término, me dirijo a mí mismo: ¿Qué significa estar en contra de la muerte? ..

....

....

....

....

cada hombre es absolutamente indispensable para los demás y todos los demás son absolutamente indispensables para cada uno ....

y todos son entidades humanamente concomitantes a él, cada hombre es la raíz del ser humano ....

........................repito, el ser humano es el punto de referencia para el hombre ....

.... la afirmación deontológica está en su origen dirigida contra la negación del hombre, por lo tanto, es propio del hombre su estar contra la muerte, pero puesto que el hombre no tiene experiencia de su propia muerte, sino únicamente de la muerte ajena, a partir de la cual sólo por reflejo puede imaginar y temer la suya propia ....

....

..............................y de todos es el fundamento último y la condición infranqueable de toda ética humanística, es decir, de cualquier ....

....

El camarero se acercó y Firmino apagó la grabadora.

–¿Está escuchando la radio? –preguntó el camarero.

–No –respondió Firmino–, es una grabación que he hecho esta mañana, es un juicio.

–Si es un juicio tiene que ser interesante –dijo el camarero–, una vez pude ver un juicio en televisión, parecía una película.

Y después añadió:

–Para estar aquí tendría que consumir.

–¿Y si tomara algo? –le preguntó Firmino–, ¿qué le parecería si me tomara algo?

–No es posible –respondió el camarero–, está prohibido por los Ferrocarriles.

–¿Usted sabe quién son los Ferrocarriles? –rebatió Firmino.

El hombre pareció reflexionar sobre ello. Apoyó la escoba en la pared del vagón.

–Bueno –dijo–, yo sólo conozco al señor Pedro, el que está en la portezuela de mi sección del tren.

–Y, en su opinión, ¿el señor Pedro es los Ferrocarriles?

—¡Qué va! —respondió el camarero—, si está incluso a punto de jubilarse.

—Y, entonces, ¿por qué no tomar algo? —dijo Firmino—, ¿por qué no tomamos algo juntos en esta mesita, y nos permitimos algo calentito?, ¿qué me dice?

El camarero se rascó la cabeza.

—La máquina del café está apagada, pero las planchas eléctricas se podrían enchufar.

—Buena idea —dijo Firmino—, ¿y qué se podría preparar en las planchas eléctricas?

—¿Qué le parecerían unos huevos revueltos? —propuso el camarero.

—¿Con jamón? —sugirió Firmino.

—Con jamón de Trás-os-Montes —respondió el camarero, alejándose.

Firmino pulsó la tecla de reproducción.

«Es ist ein eigentümlicher Apparat, ésta es una máquina muy especial. Así, en el lejano 1914, un desconocido judío de Praga que escribía en alemán ....
....
....
....
....
....
.... máquina muy especial que perpetúa una ley bárbara ....
....

....
....
....sólo la máquina de una colonia
penitenciaria o una terrible previsión del monstruoso
acontecimiento que iba a conocer Europa? ....
....
....
....

monstruoso, *Ungeheuer,* monstruo, vampiro que se es-
conde detrás de la Norma Básica..
....
....
....
....
....
....

.... aquel escritor de Praga no
podía saber lo que el pueblo en cuya lengua escribía iba
a cometer ....
....
....
....
....
....
....

....
porque evidentemente el homicidio no basta ....
....
....
....
....
....
....
.... la tortura ....
....
....
....
....
....
....
.... los verdugos ....
....
....
....
.... antes de matar hay
que hacer sufrir, lacerar, atormentar la carne del hombre ...
....
....
....
.... diréis y diremos que
ninguno de nosotros es responsable de aquella monstruosidad histórica, pero ¿dónde termina la responsabilidad in-

dividual?, porque uno de los fundamentos teóricos de la monstruosidad, la tortura ....
....
....
....»

Lo siguiente era un murmullo incomprensible, ruidos de fondo, cuchicheos entre el público. Firmino pulsó la tecla de parada. El camarero se acercó con una sartén humeante de huevos revueltos, había tostado unas rebanadas de pan untadas con mantequilla, colocó los platos sobre la mesa.

–¿Lo ha apagado? –preguntó el camarero.

–Por desgracia se entiende muy poco –respondió Firmino–, y cuando él se vuelve hacia el tribunal su voz se pierde y sólo se oyen descargas eléctricas.

–¿Pero quién es el que habla? –preguntó el camarero.

–Un abogado de Oporto –respondió Firmino–, pero se entienden sólo algunas frases sueltas.

–Déjeme que lo escuche –pidió el camarero.

Firmino pulsó la tecla de reproducción.

«...en consecuencia, permítaseme una referencia literaria, porque también la literatura ayuda a comprender el Derecho ....
....
....
....
....

....

....

.... las *machines-célibataires,* como
las definieron los surrealistas franceses..., máquinas que
son la negación de la vida, porque la transfieren al lecho
de muerte ....

....

....

....

....

....

....

....

....

....

.... nuestras comisarías, hoy, y
y digo hoy, en este año de gracia en que nos es dado vivir,
son nuestras máquinas célibes ....

....

....

....

....

.... las agujas de la máquina de aquella colonia
penitenciaria o los cigarrillos apagados en la carne ....

....

....

....
....
....
....
....
....
....
....
....
.... leyendo el informe de los inspectores del
Consejo de Europa para los derechos humanos de Estras-
burgo, encargados de comprobar las condiciones de reclusión de nuestros así llamados países civilizados, un informe escalofriante sobre los centros de reclusión en Europa .
....»

La voz del abogado se perdió en un gorgoteo incomprensible.

–Estaba demasiado lejos –dijo Firmino–, y además a
veces él baja la voz, murmura, es como si hablara consigo
mismo.

–Siga intentándolo –dijo el camarero.

Firmino pulsó la tecla de reproducción.

«..
....
....

.... un gran escritor contemporáneo ha interpretado ese profético relato de 1914 aproximándolo a las conclusiones humanísticas con las que inicié este discurso ....

....

....

....

....

....

.... si es verdad, como él afirma, que ese relato ha sabido encarnar y dar relieve a los fantasmas de la añoranza ....

....

....

....

....

....

....

..... pero ¿de qué nostalgia se trata?, ¿de un paraíso perdido, de una nostalgia de la pureza, cuando el hombre no había sido contaminado todavía por el mal?, no estamos en disposición de aclararlo, pero podemos afirmar con Camus que las grandes revoluciones son siempre metafísicas y que, como él sostiene apoyándose en Nietzsche, los grandes problemas se encuentran en la calle ....

....

....

....
....
....
....
....
....
....
....
.... este hombre que está frente a nosotros y a
quien no tengo el mínimo temor de definir como innoble
por las torturas que practica, porque nadie puede concebir
en modo alguno que alguien apague colillas de cigarrillos
sobre un cadáver, pues bien ....
....
....
....
....
....
....

estas comisarías nuestras carentes de cualquier clase de
control jurídico y de protección legal donde operan indi-
viduos como el sargento Titânio Silva ....
....
....»

Se oyeron ruidos incomprensibles y Firmino apagó la
grabadora.

–Ya va siendo hora de que se coma los huevos revueltos –dijo el camarero.

–Todavía no están fríos –replicó Firmino.

–¿Quiere un poco de ketchup? –preguntó el camarero–, ahora todo el mundo pide ketchup.

–Puedo pasar perfectamente sin él –dijo Firmino.

–Esa frase de que los grandes problemas se encuentran
en la calle me ha gustado de veras –observó el camarero–,
¿quién la dijo?

–Camus –respondió Firmino–, es un escritor francés,
pero en realidad cita a un filósofo alemán.

–¿Y el abogado? –preguntó de nuevo el camarero–,
¿cómo se llama el abogado?

–Tiene un nombre complicado –respondió Firmino–,
pero en Oporto todos lo conocen como el abogado Loton.

–Pulse de nuevo la tecla –pidió el camarero–, me gustaría seguir escuchando.

Firmino pulsó la tecla de reproducción.

«..

....

y en cuanto al presunto suicidio de Damasceno Mon-
teiro ....

....

....

.... Jean Améry ....

....

....

238

....

.... sus páginas implacables, *Diskurs über den Freitod,* nos enseñan que la náusea de la vida es condición fundamental para la muerte voluntaria, pero no sólo su libro, sino también su vida resulta fundamental para entender ....

....

....

....

....

....

....

.... Jean Améry, judío de Centroeuropa, nació vienés, se refugió en Bélgica a finales de los años treinta, fue deportado por los alemanes en 1940, se fugó del campo de concentración de Gurs e ingresó en la Resistencia belga, arrestado de nuevo por los nazis en 1943, torturado por la Gestapo y después deportado a Auschwitz, superviviente ....

....

....

....

....

.... pero ¿qué quiere decir supervivencia? ....

....

....

....

....

....

.... pero me pregunto ....

....

....

....

....

....

....

.... dedicándose con gran sutileza a
la literatura escribió en alemán y en francés, recuerdo por
ejemplo sus estudios sobre Flaubert y dos novelas ....

....

.... pero ¿puede la escritura salvar
de una humillación imborrable? ....

....

....

....

....

.... finalmente, se suicida en Salzburgo en 1978 .....

....

....

....

....

....

....

....

.... y por tanto afirmo que si Damasceno Monteiro dirigió su propia mano contra sí mismo, porque mis profundas dudas no pueden ser ratificadas por un testigo, aunque con muchos esfuerzos nos vemos obligados a creer en esta versión ....

....

....

....

.... su acto desesperado sería un acto inducido, consecuencia de las torturas sufridas, como la práctica de la autopsia evidencia ....

....

....

....

.... afirmo que el responsable es el sargento Titânio Silva ....

.... los métodos inquisitoriales practicados en su comisaría ....

....

....

....

....
....
....
.... ¿actitudes quijotescas, las mías?,
pues bien, permitiéndome una última referencia literaria,
diré que para todos los problemas esenciales, es decir, para
aquellos que pueden llegar a causar la muerte o a multipli-
car la pasión de vivir, existen tan sólo dos formas de pensamiento, el de la Palisse y el de Don Quijote ....
....
....
....
....
....
.... claro que Damasceno Monteiro
murió a causa de un café, según quieren hacernos creer .....
....
....
....
....

pero esta ofensiva estupidez digna de Palisse escuchada en
las declaraciones carnavalescas efectuadas por los imputa-
dos pertenece a la infamia ....
....
.... la infamia ....

242

....
....
.... la infamia,
intentaré explicar lo que yo entiendo por infamia ....
....
....
....
....»

Firmino pulsó la tecla de parada.

–Ahora la grabación se ha escacharrado de verdad –dijo–, pero le aseguro que este momento de su arenga fue algo escalofriante, hubiera debido tomar notas allí mismo, pero no fui capaz y además me fiaba de este trasto.

–Lástima –comentó el camarero–, ¿y después?

–Después llegamos a las frases finales –dijo Firmino–, evocó el caso Salsedo.

–¿Quién era? –preguntó el camarero.

–Yo ni siquiera lo conocía –respondió Firmino–, fue un feo asunto que sucedió en los Estados Unidos en los años treinta, creo, Salsedo era un anarquista al que tiraron por una ventana en una comisaría americana y que la policía hizo pasar por suicidio, aquel caso fue dado a conocer en todo el mundo por un abogado que me parece que se llamaba Galleani, fue ésta la conclusión de la arenga, pero, como puede ver, en la cinta no ha quedado nada.

El camarero se levantó.

–Dentro de poco llegaremos a Lisboa –dijo–, tengo que ir a preparar mis cosas.

–Tráigame la cuenta –dijo Firmino–, pago yo.

–No es posible –objetó el camarero–, tendría que darle el tíquet de caja y la máquina señala la hora, y la hora demuestra que usted ha comido a una hora en que no se podía comer.

–No veo la lógica –respondió Firmino.

–Cuatro huevos revueltos no arruinarán a los Ferrocarriles –concluyó el camarero–, y además le estoy agradecido por su compañía, el viaje se me ha hecho más corto, lo único que lamento es lo de su grabación, adiós.

Firmino guardó la grabadora en su bolsa y hojeó el cuaderno de notas que había dejado abierto sobre la mesa. Estaba en blanco. Lo único que había conseguido escribir apresuradamente era la sentencia. La releyó.

«Este tribunal, en virtud de los poderes conferidos por la Ley, vistos los autos del proceso, oídos los imputados, los testigos y los abogados de las partes, condena a dos años de reclusión al agente Costa y al agente Ferro por los delitos de ocultación de cadáver y omisión de los procedimientos reglamentarios, con la circunstancia agravante de haber sido cometidos por funcionarios públicos en el ejercicio de sus funciones. Concede los beneficios de la libertad condicional. Declara al sargento Silva responsable de un delito de negligencia al haber abandonado la comisaría estando de servicio y lo suspende por seis meses de sus funciones. Lo absuelve del resto de delitos por no haber participado en ellos.»

Por la ventanilla empezaban a aparecer fugazmente las primeras luces de la periferia. Firmino cogió su bolsa y salió al pasillo. Estaba desierto. Miró el reloj. El tren iba a llegar a su hora.

21

Firmino salió de la Facultad de Letras y se detuvo en la parte superior de la escalinata recorriendo con la mirada el aparcamiento en busca de Catarina. Abril fulguraba con todo su esplendor. Firmino contempló los árboles de la explanada de la ciudad universitaria en cuyas cepas reventaba el verde de un follaje precoz.

Se quitó la chaqueta, hacía un calor casi estival. Distinguió su coche y bajó la escalinata agitando un papel en la mano.

–Puedes hacer las maletas –gritó en tono triunfal–, ¡nos vamos!

Catarina le echó los brazos al cuello y le dio un beso.

–¿Cuándo empieza? –preguntó Catarina.

–Desde ya –respondió Firmino–, teóricamente podríamos partir mañana mismo.

–¿Es de un año? –quiso saber Catarina.

–La beca anual la ha ganado aquel tipo genial –dijo

Firmino–, a mí me han otorgado la semestral, pero eso es mejor que nada, ¿no crees?

Abrió la ventanilla y enumeró como si estuviera soñando:

–El Arco de Triunfo, los Campos Elíseos, el Museo d'Orsay, la Biblioteca Nacional, el Barrio Latino, seis meses en la Ciudad Luz, ¿qué?, ¿lo celebramos?

–Celebrémoslo –respondió Catarina–, pero ¿estás seguro de que tendremos bastante dinero para los dos?

–Las mensualidades son bastante elevadas –respondió Firmino–, claro que París es una ciudad cara, pero también tengo derecho a los tíquets para comer en los comedores universitarios; no será una vida de lujo pero saldremos adelante.

Catarina se adentró en la circulación del Campo Grande.

–¿Adónde vamos a celebrarlo? –preguntó.

–Al Tony dos Bifes, por ejemplo –sugirió Firmino–, pero da la vuelta a la rotonda, llévame al periódico, quiero arreglar las cosas enseguida con el director, total, todavía son las doce.

La telefonista en silla de ruedas estaba ya comiendo de una pequeña bandeja de papel de estaño y leía al mismo tiempo una revista semanal de las que le gustaban.

–¡Conque leyendo a la competencia! –le reprochó burlonamente Firmino.

Aquella mañana la redacción estaba al completo. Firmino, precediendo a Catarina entre las mesas de despacho, pasó frente al redactor-jefe diciéndole amablemente «Buenos días, Monsieur Huppert», y entró en el despacho del director dando dos golpecitos en el cristal.

–Le presento a mi novia –dijo Firmino.

–Mucho gusto –murmuró el director.

Se sentaron en aquellas complicadas sillas de metal blanco que el arquitecto progre había sembrado por todas partes. Como de costumbre, en el despacho del director la atmósfera era irrespirable.

–Tengo algo de que hablar con usted, director –dijo Firmino sin saber muy bien por dónde empezar. Y a continuación siguió atropelladamente–: Quisiera pedirle seis meses de permiso.

El director encendió un cigarrillo, lo miró sin ninguna expresión y dijo:

–Explícate mejor.

Firmino intentó explicarse lo mejor que podía: la beca que había ganado, la posibilidad de dedicarse a la investigación en París con un profesor de la Sorbona, evidentemente renunciaba a su sueldo, eso quedaba claro, pero si cesaba en su puesto se quedaría sin seguridad social, no es que pretendiera que el periódico le pagara las cuotas mensuales, se las pagaría él de su bolsillo, pero no quería encontrarse en la condición de parado porque, como bien sabría el director, los parados del país en que vivían tenían una asistencia similar a la de los perros callejeros y, por otro lado, dentro de seis meses volvería y retomaría su trabajo de siempre, promesa solemne.

–Seis meses son muchos meses –murmuró el director–, quién sabe cuántos casos pueden presentarse en seis meses.

–Bueno –dijo Firmino–, ahora entramos en la mejor estación, dentro de poco llegan las vacaciones y la gente se va a la playa, parece que en verano la gente se mate menos, lo he leído en una estadística, eventualmente el trabajo de enviado puede hacerlo el señor Silva, está deseándolo.

El director pareció reflexionar y no respondió. Firmino tuvo una idea imprevista.

–Mire –dijo–, quizás podría enviarle colaboraciones desde París, París es una ciudad en la que suceden muchos delitos pasionales, un periódico cualquiera no puede permitirse un corresponsal en París, y usted lo podría tener gratis, imagínese qué lujo: por nuestro enviado especial en París.

–Podría ser una solución –respondió el director–, pero tengo que pensármelo todavía, hablaremos de ello mañana con más calma, déjame pensarlo.

Firmino se levantó e hizo ademán de despedirse. Catarina se levantó con él.

–Ah, un momento –dijo el director–, hay un telegrama para ti, llegó ayer.

Le tendió el telegrama y Firmino lo abrió. Tenía escrito: «Necesito hablar con usted urgentemente Stop Le espero mañana en mi estudio Stop Inútil telefonear Stop Cordialmente Fernando de Mello Sequeira.»

Firmino leyó el telegrama y miró perplejo a Catarina. Ella le devolvió la mirada con expresión interrogativa. Firmino leyó el telegrama en voz alta.

–¿Qué querrá de mí? –preguntó.

Ninguno de los dos supo decir nada.

–¿Qué hago? –preguntó Firmino dirigiéndose a Catarina.

–Yo creo que podrías ir –respondió ella.

–¿Tú crees? –replicó Firmino.

–Bueno, por qué no, tampoco Oporto está en el fin del mundo.

–¿Y nuestra celebración en Tony dos Bifes? –preguntó Firmino.

–Podemos aplazarla hasta mañana –respondió Catarina–, comemos un bocado en la pastelería Versailles y después te acompaño a la estación. Hace siglos que no voy a la pastelería Versailles.

Qué distinto era ver una ciudad con una hermosa luz y un sol deslumbrante. Firmino se acordó de la última vez que había visto aquella ciudad, aquel día de niebla de diciembre, cuando le había parecido tan lúgubre. En cambio, ahora Oporto tenía un aspecto alegre, vital, bullicioso, y las macetas de los alféizares de Rua das Flores estaban todas floridas.

Firmino tocó el timbre y la puerta se abrió automáticamente. Don Fernando estaba hundido en el sofá de debajo de la librería. Estaba en pijama, como si acabara de levantarse, y llevaba un pañuelo de seda alrededor del cuello.

–Buenas tardes, joven –dijo con tono distante–, le agradezco que haya venido, póngase cómodo.

Firmino se sentó.

–Quería verme usted urgentemente –dijo–, ¿de qué se trata?

–Ya hablaremos luego –respondió Don Fernando–, pero antes cuénteme cosas de usted, ¿cómo está su novia?, ¿ya la han contratado en la biblioteca?

–Todavía no –respondió Firmino.

–¿Y su ensayo sobre la novela portuguesa de posguerra? –preguntó el abogado.

–Lo escribí –dijo Firmino–, pero no es un ensayo largo, es un ensayito de unas veinte páginas.

–¿Siguió con su Lukács? –preguntó Don Fernando.

–Modifiqué ligeramente el enfoque –explicó Firmino–, me he concentrado en una única novela apoyándome además en otras metodologías.

–Cuénteme –dijo el abogado.

–El boletín meteorológico de los periódicos como metáfora de la interdicción en una novela portuguesa de los años sesenta –dijo Firmino–, ése es el título de mi disertación.

–Buen título –aprobó el abogado–, un buen título, de verdad. ¿Y la metodología de apoyo?

–Básicamente Lotman, por lo que respecta al desciframiento del mensaje oculto –explicó Firmino–, pero seguí a Lukács en lo concerniente a los aspectos políticos.

–Interesante combinación –dijo el abogado–, siento curiosidad por leerlo, a ver si me lo envía. ¿Y qué más?

–Con ese ensayito participé en un concurso para una beca en París y lo gané –admitió con cierta satisfacción Firmino–, tengo un buen proyecto de investigación.

–Interesante –dijo el abogado–, ¿y a qué se refiere dicho proyecto?

–La censura en la literatura –dijo Firmino.

–¡Vaya! –exclamó el abogado–, le felicito, ¿y para cuándo tiene pensado marcharse?

–Lo antes posible –respondió Firmino–, la beca empieza en cuanto el candidato la acepta, y yo he firmado la aceptación esta misma mañana.

–Entiendo –afirmó el abogado–, quizás le haya hecho venir inútilmente, no podía imaginarme esta circunstancia tan feliz y a la vez de tanto compromiso para usted.

–¿Por qué dice inútilmente? –preguntó Firmino.

–Lo necesitaba –dijo el abogado.

Don Fernando se levantó y se acercó a la mesa. Cogió un cigarro y lo olfateó un tiempo, sin decidirse a encenderlo, después se hundió de nuevo en el sillón y echó la cabeza hacia atrás, mirando al techo.

–He pedido la revisión del proceso –dijo.

Firmino lo miró con estupor.

–Pero ahora ya es tarde, usted no interpuso un recurso en su momento.

–Es cierto –admitió el abogado–, entonces me parecía inútil.

–Y el proceso se ha archivado –puntualizó Firmino.

–Ya –dijo el abogado–, se ha archivado. Y yo haré que vuelvan a abrirlo.

–¿Con qué motivo? –preguntó Firmino.

Don Fernando permaneció en silencio, se enderezó, sin levantarse abrió un pequeño aparador que había junto al sillón, cogió una botella y dos vasos.

–No es un Oporto excepcional –dijo–, pero tiene cierta dignidad.

Sirvió el vino y se decidió finalmente a encender el cigarro.

–Tengo un testigo ocular –dijo con lentitud–, las cosas que ha visto me permiten pedir la revisión del caso.

–¿Un testigo ocular? –repitió Firmino–, ¿eso qué quiere decir?

–Un testigo ocular del asesinato de Damasceno Monteiro –respondió Don Fernando.

–¿Quién es? –preguntó Firmino.

–Se llama Wanda –dijo Don Fernando–, es un conocido mío.

–¿Wanda? –preguntó Firmino.

El abogado saboreó un sorbo de vino.

–Wanda es una pobre criatura –respondió–, una de esas pobres criaturas que vagan por la superficie del mundo y a las cuales no les ha sido prometido el reino de los cielos. Eleutério Santos, conocido como Wanda. Es un travesti.

–No lo entiendo –dijo Firmino.

–Eleutério Santos –continuó Don Fernando como si estuviera leyendo en un fichero–, treinta y dos años, natural de un pueblecito de las montañas del Marão, perteneciente a una familia de pastores paupérrimos, violado por un tío suyo a los once años, criado en un hospicio hasta los diecisiete años, trabajitos ocasionales como descargador de fruta en la desembocadura del Duero, otro trabajo ocasional como ayudante de sepulturero en el cementerio municipal, un año de internamiento en el manicomio de esta ciudad por una depresión, lo que le ha hecho convivir con oligofrénicos y esquizofrénicos en esas gentiles instituciones psiquiátricas que son el orgullo de nuestro país, actualmente conocido como Wanda, fichado por prostitución en la vía pública de Oporto, una ligera crisis depresiva de vez en cuando, pero ahora puede permitirse un médico.

–Lo conoce muy bien –observó Firmino.

–Fui su abogado contra un cliente ocasional que lo había rajado durante un encuentro dentro del coche –dijo Don Fernando–, un pequeño sádico que tenía sin embargo algo de dinero, y Wanda salió del paso con un discreto beneficio.

–¿Y su declaración? –preguntó Firmino–, cuénteme su declaración.

–En síntesis –explicó Don Fernando–, Wanda estaba en la calle que suele frecuentar, aquella noche parece que el trabajo escaseaba, de modo que se desplazó hacia la calle de al lado, que no es su zona, y allí se topó con el macarra que controla aquella calle y que la atacó. Wanda se defendió y se armó una trifulca. Pasaba por allí una patrulla de la Guardia Nacional y el macarra se escapó, Wanda estaba caída en el suelo, la recogieron y la llevaron en coche hasta la comisaría, a la celda de seguridad, o mejor a lo que ellos califican de celda de seguridad, un cuartucho cualquiera que comunica con las oficinas. Pero se da la circunstancia de que los policías de servicio tenían sentido del deber y la hicieron anotar en el registro de detenciones. En aquel registro está escrito: Eleutério Santos, ingreso a las veintitrés horas. Y ese registro ya no pueden manipularlo.

El abogado se calló, dibujó nubes de humo en el aire y fijó su mirada de nuevo en el techo.

–¿Y después qué ocurrió? –preguntó Firmino.

–Después la patrulla que la había detenido se marchó porque acababa su turno, y Wanda se quedó en aquel cuartucho que justamente colinda con los despachos, se echó en el catre y se durmió. Hacia las doce y media de la noche la despertaron los gritos, entreabrió la puerta y miró por la ranura. Era Damasceno Monteiro.

El abogado hizo una pausa y aplastó el cigarro en el cenicero. Sus ojillos hundidos en la grasa miraban fijamente un punto lejano.

–Lo habían atado a una silla, estaba con el torso desnudo y el sargento Titânio Silva le apagaba cigarrillos en la barriga. Dado que en aquella comisaría no se puede fumar, Damasceno Monteiro era un óptimo cenicero para apagar las colillas. Titânio quería saber quién había robado la heroína del envío anterior, porque era la segunda vez que se la habían jugado, y Damasceno juraba que no lo sabía, que era su primer robo a la Stones of Portugal. Y, en cierto momento, Damasceno gritó que lo denunciaría, que todos sabrían que el sargento Titânio Silva controlaba el tráfico de heroína de Oporto, y Titânio empezó a tartamudear y a saltar como un poseso, pero estos detalles son superfluos, eventualmente los conocerá mejor después, sacó la pistola y le disparó en la sien un tiro a quemarropa.

El abogado se sirvió otro vasito de vino de Oporto.

–¿Le parece interesante? –preguntó.

–Muy interesante –respondió Firmino–, ¿y cómo sigue?

–Titânio le dijo al agente Costa que fuera a la cocina de abajo y que cogiera el cuchillo eléctrico. El agente Costa regresó con el cuchillo eléctrico y Titânio le dijo: Córtale la cabeza, Costa, tiene una bala en el cerebro que puede comprometernos, la cabeza la tiras al río, del cuerpo ya nos ocuparemos Ferro y yo.

El abogado lo miró con sus ojillos movilísimos y preguntó:

–¿Le basta con esto?

–Me basta –respondió–, pero ¿y yo?

–Verá –explicó Don Fernando–, yo ya sé todas estas cosas, pero no puedo publicarlas en un periódico. Y dado que esta mañana he acompañado a Wanda a presentar su denuncia ante las autoridades competentes, me gustaría que Wanda le contara todo lo que sabe también a un periódico, digamos que se trata de una especie de medida preventiva, con todos esos accidentes de tráfico que suceden en este país.

–Entiendo –dijo Firmino–, ¿y dónde puedo localizar a esa Wanda?

–La he escondido en la granja de mi hermano –respondió Don Fernando–, allí está segura.

–¿Cuándo podría hablar con ella? –preguntó Firmino.

–Ya mismo –explicó el abogado–, pero sería mejor que fuera hasta allí solo, si quiere llamo a Manuel, le acompañará en mi coche.

–De acuerdo –dijo Firmino.

El abogado telefoneó al señor Manuel.

–Tardará sólo el tiempo de sacar el coche del garaje –dijo al colgar el auricular–, no más de diez minutos.

–Salgo a esperarlo a la calle –dijo Firmino–, el aire de

hoy es particularmente agradable, ¿ha sentido el perfume de la naturaleza, abogado?

–¿Y su beca? –preguntó Don Fernando.

–Bueno –dijo Firmino–, siempre queda tiempo para eso, dura seis meses, si pierdo algunos días tanto da, luego llamaré a mi novia.

Abrió la puerta e hizo ademán de salir. Pero se detuvo en el umbral.

–Abogado –dijo–, nadie va a creer ese testimonio.

–¿Usted cree? –preguntó el abogado.

–Un travesti –dijo Firmino–, hospital psiquiátrico, fichado por prostitución. Imagíneselo.

Y empezó a cerrar la puerta tras de sí. Don Fernando lo detuvo haciéndole un gesto con la mano. Se levantó con dificultad y avanzó hacia el centro de la habitación. Apuntó con el índice hacia el techo, como si se dirigiera al aire, después apuntó con él a Firmino, y después lo apoyó sobre su propio pecho.

–Es una persona –dijo–, recuérdelo, joven, antes que nada es una persona.

Y después prosiguió:

–Intente ser amable con ella, tenga mucho tacto, Wanda es una criatura frágil como el cristal, una palabra fuera de tono y le entran crisis de llanto.

Helsinki, 30 de octubre de 1996

NOTA

Los personajes, los lugares y las situaciones aquí descritas son fruto de la fantasía novelesca. Sólo es real el punto de partida: la noche del 24 de mayo de 1996, Carlos Rosa, ciudadano portugués, de veinticinco años de edad, fue asesinado en circunstancias no aclaradas en una comisaría de la Guardia Nacional Republicana de Sacavém, en la periferia de Lisboa, y su cuerpo fue hallado en un parque público, decapitado y con señales de malos tratos.

En lo que se refiere a ciertos temas jurídicos de fondo de esta novela, me han sido preciosas mis amigables conversaciones con el juez Antonio Cassese, presidente del Tribunal Penal Internacional de La Haya, así como la lectura de su libro *Umano-Disumano. Comissariati e prigioni nell'Europa di oggi*.[1]

1. El lector interesado puede consultar la edición original en italiano (Bari, Laterza, 1994), o la traducción inglesa, *Inhuman Sta-*

En cierto modo, este libro es también deudor de aquel a quien llamo Manolo el Gitano, personaje de ficción, o, mejor dicho, entidad colectiva coagulada en entidad individual inmersa en una historia a la que él personalmente es ajeno, pero que participa de algunas inolvidables historias que oí en boca de viejos gitanos una lejana tarde en Janas, durante la ceremonia de la bendición del ganado, cuando el pueblo nómada aún poseía caballos.

Agradezco a Danilo Zolo la valiosa información sobre filosofía del Derecho que tuvo la amabilidad de proporcionarme y a Paola Spinesi y Massimo Marianetti el cuidado y la paciencia con los que transformaron en mecanografiado el manuscrito original.

Sólo me queda por decir que Damasceno Monteiro es el nombre de una calle de un popular barrio de Lisboa en el que tuve ocasión de vivir, y que las primeras frases del parlamento de Don Fernando pertenecen al filósofo Mario Rossi. El resto del discurso pertenece únicamente a la cultura y a las convicciones de mi personaje.

A. T.

---

tes. Imprisonment, Detention and Torture in Europe Today (Polity Press, Cambridge, 1996).